Wie ein Regenbogen an dunklen Tagen

BoD™
BOOKS on DEMAND

Meiner lieben Freundin Helma gewidmet,
die mir immer wieder zeigt,
dass Freundschaft keinen Altersunterschied kennt.
Liegen zwischen uns auch 35 Jahre –
handelt es sich doch nur um eine Zahl.

Petra Kesse

Wie ein Regenbogen an dunklen Tagen

Bibliografische Information der Deutschen Nationalbibliothek:
Die Deutsche Nationalbibliothek verzeichnet diese Publikation in der Deutschen Nationalbibliografie; detaillierte bibliografische Daten sind im Internet über http://dnb.dnb.de abrufbar.

Satz und Layout: Petra Kesse
www.petrakesse-autorin.de
Lektorat: Heidi St.
Coverbildquelle: Unsplash.com
Coverbild: Khongor Ganbold
Covergestaltung: Petra Kesse

Die Personen, Orte und Handlungen in den folgenden Geschichten sind frei erfunden. Ähnlichkeiten mit lebenden oder verstorbenen Personen wären rein zufällig und in keiner Weise beabsichtigt. Sollte es sich um keine fiktiven Personen, Vereine oder Institutionen handeln, wurden diese in meiner Danksagung namentlich erwähnt. Der Nachdruck, auch auszugsweise, ist nicht gestattet

Herstellung und Verlag: BoD – Books on Demand, Norderstedt

ISBN: 9783750496873

Inhaltsverzeichnis

Blaue Hyazinthen

»Na Ina, wie wäre es mit einem leckeren Roibuschtee, bevor du gleich wieder über die Flure hetzt?«

»Nein danke, Anna. Ich mache mich sofort an die Arbeit. Will die Medikamente verteilen und anschließend mit Frau Sammer noch etwas über den Flur spazieren. Sie kann dann besser schlafen.« Anna sah auf ihre Uhr.

»Aber du hast noch eine halbe Stunde Zeit bis zu deinem Dienstbeginn. Wir haben sogar schon die Übergabe erledigt, weil du hier viel zu früh eingetrudelt bist. Du bist doch wohl nicht arbeitssüchtig? Für einen Becher Tee ist wirklich noch Zeit. Deine Nacht wird lang genug.« Ina schüttelte stumm den Kopf, während sie verschiedene Pillendöschen auf ihren Wagen platzierte. »Ist alles okay mit dir?«, hakte Anna nach und sah ihre junge Kollegin besorgt an.

»Alles bestens!«

»Warum fällt es mir schwer, das zu glauben?« Anna stemmte ihre Hände in ihre üppigen Hüften und kniff ihre Augen zu schmalen Schlitzen zusammen. »Raus mit der Sprache. Was ist los? Ich merke doch, dass etwas faul ist. Du plapperst normalerweise wie ein Wasserfall.«

»Ist nichts faul. Mir geht's gut.«

»Ich arbeite jetzt seit fast dreißig Jahren in dieser Klinik. Keine Lüge habe ich öfter gehört als diese ›Mir-geht's-gut-Lüge‹.«

»Dann kommt es ja auf die eine mehr oder weniger nicht an.«

»Also lügst du?«

Ina rollte genervt mit den Augen.

»Na und? Das ist modern heutzutage«, erklärte sie zynisch. Wütend stieß sie eine der Schubladen zu.

Anna schluckte.

»Wow, dir scheint es ja wirklich gut zu gehen.« Beschwichtigend hob sie beide Hände. »Ich lasse dich wohl besser in Ruhe. Aber ich trinke noch einen Tee, bevor ich Feierabend mache.« Vorsichtig goss Anna kochendes Wasser auf ihren Teebeutel. »Ich habe die Nachtdienste immer geliebt. Es fühlte sich dann an, als würde die Welt da draußen stillstehen und alles gut sein«, sagte sie und stellte den Becher auf ihrem Schreibtisch ab.

»Das fühlt sich aber auch nur so an«, seufzte Ina. »Da draußen steht gar nichts still. Und hier wird's auch heftig. Alle Zimmer sind belegt. Werde ordentlich rennen müssen. Herrlich!« Sie lächelte bitter und warf Anna einen kurzen Blick zu.

»Das nennst du herrlich? Warum? Weil die Zeit dann schneller vergeht?«

Ina schüttelte den Kopf.

»Bloß nicht. Hänge gerne noch einen Frühdienst hinten ran«, sagte sie leise und mehr zu sich selbst.

»Lass das nicht unseren Chef hören. Der nimmt dich glatt beim Wort und ...« Das SMS-Signal von Inas Handy unterbrach Anna. »Siehste! Das ist er bestimmt. Der riecht zwei Meilen gegen den Wind, wenn sich jemand um Arbeit reißt.«

Ina holte ihr Handy aus der Tasche ihres Kittels und las die Nachricht. Kommentarlos legte sie das Handy auf den Schreibtisch und drehte sich weg. Doch Anna entging nicht, dass Ina sich verstohlen eine Träne von der Wange wischte.

»Was ist los? Und erzähle mir nicht wieder, alles sei gut. Rede mit mir! Wir sind doch mehr als nur Kollegen. Wir haben einander schon so viel anvertraut und …«

Ina fuhr herum und hob abwehrend beide Hände.

»Nein!«, stieß sie hervor. »Ich will nicht reden! Auf keinen Fall! Ich will nur arbeiten, arbeiten, arbeiten.«

Anna nickte.

»Kenne ich! Du glaubst, die üblen Grübel-Geister können dir dann nichts anhaben, stimmt's? Aber da irrst du dich! Glaube mir, sie haben den längeren Atem. Bei der ersten Pause fallen sie erbarmungslos über dich her. Suche dir besser einen Verbündeten. Teile deine Grübeleien mit mir. Vielleicht können wir ihnen gemeinsam den Garaus machen? Du wirst sie nicht los, selbst wenn du kilometerweit über Flure rennst. Und wenn sie sich erstmal in deine Seele fressen, dann haben sie dich, diese kleinen, ekeligen Mistviecher.«

Sie öffnete ihre Schreibtischschublade und holte eine angebrochene Tafel Schokolade heraus. »Nimm ein Stück! Das ist meine ›Erste-Hilfe-Schokolade‹, und dann rück raus mit der Sprache!«

Ina schmunzelte unter Tränen.

»Redest du auch so mit unseren Patienten?«

»Na klar! Was denkst du denn? Grübeln, sich verkriechen und in Selbstmitleid baden gibt's bei mir nicht. Die Patienten, die bei uns sind, mögen Schlimmes hinter sich haben. Unfälle, Operationen. Doch sie haben es überlebt. Nun heißt es positiv denken und ran an die Heilung. Der erste Schritt ist immer, darüber zu reden, was einen bedrückt. Danach beschließt man, wie es weitergeht.«

»Vielleicht hast du recht … aber … aber es ist nicht immer so einfach, über etwas zu reden. Manchmal ist die Kehle wie zugeschnürt.«

9

»So schwer ist es gar nicht. Du musst nur anfangen! Zunächst suchst du dir einen Menschen, dem du vertraust. Dann sprich in einem Satz aus, was dich quält.«

»In einem einzigen Satz?« Ina riss ihre Augen auf. »Na toll! Meine Welt ist zusammengebrochen. Und ich soll alles in einem einzigen Satz erklären?«, stieß sie fassungslos hervor.

Anna schüttelte den Kopf.

»Ich habe nicht gesagt, dass du es in einem einzigen Satz *erklären* sollst. Und schon gar nicht *alles*! Ich habe gesagt, du sollst es erstmal in einem ersten Satz aussprechen. Raus damit! Dann ist die Kehle nicht mehr wie zugeschnürt und du öffnest einem anderen Menschen die Tür.«

»Die Tür?« Ina hob irritiert die Augenbrauen. »Was für eine Tür?«

»Durch die man dir eine Hand reichen kann, um dir zu helfen. Und selbst, wenn man es nicht sofort kann, du erkennst, du bist nicht allein. Es ist jemand für dich da! Der Rest kommt von ganz allein.«

»Wenn das alles so einfach wäre.« Ina lachte kurz auf.

»Ich habe nicht gesagt, dass es einfach ist. Aber wenn du mich fragst, ist es der erste Schritt in die richtige Richtung.«

»Mein Mann betrügt mich. Schon seit Monaten«, seufzte Ina und sah Anna auffordernd an. »Zufrieden? Das waren gleich zwei Sätze. Und nun?«

Anna schluckte.

»Wow, das tut mir leid.«

»Ja … wow, … das habe ich auch gedacht, als ich dahinterkam. Aber um ehrlich zu sein, lief es schon seit Monaten nicht mehr richtig zwischen uns. Haben ständig gestritten. Um jede Kleinigkeit.« Sie nahm einen Ordner vom Schreibtisch und schob ihn ins Regal zurück. »Kann nicht mal sagen, ob ich wütend bin, weil er mit einer anderen Frau rumgemacht hat, oder ob ich nur in meiner Eitelkeit verletzt bin.«

»Hört sich nicht gerade so an, als wäre da noch die große Liebe im Spiel.«

Ina verschränkte ihre Arme vor ihrem Brustkorb und lehnte sich gegen den Schrank.

»Weißt du was? Wenn ich so darüber nachdenke, vielleicht ist es sogar gut, dass es so gekommen ist. In letzter Zeit hatte ich oft das Gefühl, wir wollten unsere Beziehung gar nicht mehr. Also nicht mehr so wirklich. Verstehst du, was ich meine?«

Anna nickte.

»Ja, ich denke, du …«

»Wir waren nur zu feige, es auszusprechen«, unterbrach Ina ihre Kollegin. »Irgendwie fühle ich mich sogar erleichtert. Aber auch wütend. Wütend auf mich. Weil ich mir so lange habe Hörner aufsetzen lassen. Ich war so blind und …«

»Stopp! Ich komme da nicht ganz mit. Wie meinst du das, du fühlst dich erleichtert? Dafür kamst du mir aber ziemlich traurig vor.«

»Ich bin ja auch traurig. Aber nicht wegen Jan oder wegen unserer Beziehung, die scheinbar den Bach runter geht.«

Anna sah sie mit hochgezogenen Brauen an.

»Aha … und warum dann?«

Ina atmete schwer durch.

»Dass Jan mich betrogen hat, ist noch nicht alles«, seufzte sie. »Aber was solls? The show must go on.« Sie warf einen kurzen Blick auf die Uhr. »Ich muss jetzt meine Runde machen. Du hast schon lange Feierabend. Geh nach Hause!«

11

»Ich soll nach Hause gehen und dich hier so zurücklassen?« Anna tippte sich mit dem Zeigefinger gegen ihre Stirn. »Vergiss es! Ich sage dir, was wir jetzt tun werden. Wir teilen uns die Patienten auf. Alle Betten sind belegt, also bekommt jeder fünfzehn Patienten. Bevor ich loslege, setze ich Kaffee auf. Wenn alle versorgt sind, setzen wir uns zusammen und du erzählst mir, was dir auf der Seele liegt.«

»Das geht nicht«, wandte Ina ein. »Du hast bereits acht Stunden gearbeitet.«

»Na und? Wenn Ärzte nach einer Doppelschicht noch operieren dürfen, während sie nur noch durch Koffein-Infusionen wachgehalten werden, dann darf ich ja wohl zwei Überstunden machen und Verbände wechseln. Vor allen Dingen haben wir einen Notfall.«

»Wir haben keine Notfall-Patienten.«

»Ich rede auch nicht von einem Patienten«, entgegnete Anna und zwinkerte Ina zu.

Nach anderthalb Stunden kehrten die beiden ins Dienstzimmer zurück. Anna nahm zwei Becher aus dem Schrank, schenkte ihnen Kaffee ein und sie setzten sich.

»Also, raus mit der Sprache. Was ist los?«

Ina atmete tief durch und starrte auf den Becher in ihrer Hand.

»Es geht um Marleen«, sagte sie leise.

»Marleen? Deine Freundin?«

Ina nickte.

»Meine beste Freundin.«

»Was ist mit ihr? Ist sie krank?«

Ina schüttelte den Kopf und wischte sich mit der flachen Hand eine Träne von der Wange. Immer noch starrte sie gedankenverloren auf ihren Becher.

»Seit dem Kindergarten sind wir befreundet. Beste Freundinnen. Nichts konnte daran etwas ändern. Weder irgendwelche Typen, noch Entfernungen, die zeitweise zwischen uns lagen. Was auch passierte, wir hielten zusammen. Und wir waren immer ehrlich zueinander.« Plötzlich lachte sie zynisch auf. »Na ja, bei letzterem bin ich mir jetzt nicht mehr so sicher.« Sie stellte den Becher auf den Schreibtisch ab und zog ihre Strickjacke enger um sich. »Niemals hätte ich für möglich gehalten, dass unsere Freundschaft zerbrechen könnte. Fast 31 Jahre meistern wir dieses verrückte Leben gemeinsam. Sie war meine Trauzeugin, ich bin die Patentante ihres Sohnes.« Traurig starrte Ina ins Leere.

»Was ist passiert?«, fragte Anna mitfühlend.

»Sie hat mich hintergangen«, begann Ina. Sie schwieg kurz, dann riss sie ihre Augen weit auf. »Aber natürlich hat sie es nur gut mit mir gemeint«, fuhr sie zynisch fort. »Zumindest hat sie es damit gerechtfertigt, nachdem ich sie erwischt habe.«

»Jetzt sag nicht, dass sie und Jan ...«

»Nein!« Ina sah Anna erschrocken an. »Nein, Marleen war nicht Jans Affäre.«

Erleichtert atmete Anna durch.

»Na, dann bin ich beruhigt. Aber was hat sie verbrochen?«

»Sie hat von der Affäre gewusst! Sie hat es die ganze Zeit gewusst und mir nichts gesagt. Im Gegenteil! Einmal hatte ich ihr gegenüber sogar meinen Verdacht geäußert, dass Jan etwas mit einer seiner Kolleginnen hat. Aber Marleen meinte, ich sähe Gespenster. Selbst da rückte sie nicht mit der Wahrheit heraus«, sprudelte es wütend aus Ina heraus. »In meinen Augen hat sie mich in dem Moment ganz klar belogen. Basta!«

»Bist du sicher, dass sie davon wusste? Wie bist du überhaupt dahintergekommen, dass Jan dich betrogen hat?«

»Auf sehr unspektakuläre Weise. Ich kann dir da nur das Klischee der berühmt-berüchtigten SMS bieten, die alles ans Tageslicht brachte.«

»Du hast sein Handy kontrolliert?«, fragte Anna entsetzt.

Ina schüttelte den Kopf.

»Nein, ich saß mit Marleen in einem Einkaufszentrum in der Innenstadt. Wir hatten uns zufällig getroffen und beschlossen, einen Kaffee zu trinken. Nachdem wir bestellt hatten, ging sie zur Toilette und ließ ihr Handy auf dem Tisch liegen. Irgendwann piepte es. Frag mich nicht, warum ich drauf geschaut habe.« Sie rollte mit den Augen. »Macht man schon automatisch, wenn's piept. Jedenfalls schaute ich drauf. Auf dem Display ihres Handys kann man sehen, wer geschrieben hat. Sogar die ersten Sätze kann man lesen, ohne die Nachricht vollständig öffnen zu müssen. Die SMS war von Jan. Natürlich wunderte ich mich, dass er ihr schrieb. Ich las den Text soweit wie möglich. Er bedankte sich, dass Marleen mir nichts von der anderen erzählt hatte. Er schwafelte irgendwas von ›Ausrutscher‹ und so weiter. Ich hätte die Nachricht öffnen können, ich kenne Marleens Passwort. Es ist der Geburtstag ihres Sohnes. Aber dazu kam ich nicht, weil ich sah, dass Marleen wieder auf unseren Tisch zukam. Ich legte das Handy zurück und schwieg zunächst. Ich wollte sehen, wie Marleen sich verhält, wenn sie die Nachricht entdeckte. Was sie dann auch recht schnell tat. Sie wurde nervös und ziemlich blass um die Nase. Aber das war's leider!«

»Wie lange hast du geschwiegen? Hat es dich nicht innerlich zerrissen?« Anna sah ihre junge Kollegin bestürzt an.

»Natürlich! Ich konnte keinen klaren Gedanken fassen. Wollte nur raus aus diesem Café. Ich dachte, ich würde ersticken, wenn ich nicht sofort an die Luft käme. Kaum waren wir draußen, platzte mir der Kragen. Ich wollte sofort von ihr wissen, was es mit dieser SMS auf sich hatte.«

Anna schüttelte fassungslos den Kopf.

»Und, was hat sie gesagt?«

»Sie erzählte mir, sie hätte Jan und seine Tussi zufällig aus einem Hotel kommen sehen. Sie wären dann in ein Auto gestiegen, hätten nochmal 'ne Runde geknutscht, dann seien sie losgefahren. Marleen fuhr hinterher. In der Nähe der Firma sei Jan ausgestiegen. Beide wären dann getrennt voneinander zurück ins Büro.«

»Also so eine Art Mittagspausen-Quickie? Was für ein Mistkerl«, zischte Anna zwischen zusammengebissenen Zähnen.

Ina nickte.

»Noch am gleichen Tag stellte Marleen ihn zur Rede. Sie fing ihn ab, als er am Nachmittag das Büro verließ. Jan beteuerte, dass sie sich erst seit einigen Wochen trafen. Er würde es aber beenden, weil er nur mich liebte. Das mit der Frau wäre nur ein Ausrutscher gewesen, weil wir Probleme hätten und …«

»Ah, stimmt! Probleme – der berühmte Freifahrtschein!«, fuhr Anna ihr wütend ins Wort.

»Du hast ja recht. Probleme sind keine Entschuldigung für eine Affäre. Aber in unserer Beziehung war schon lange der Wurm drin. Vielleicht ist es tatsächlich deswegen dazu gekommen. Als ich davon erfuhr, fühlte ich mich mehr in meiner Eitelkeit verletzt, als dass es wehtat. Das sagt doch alles, oder?«

»Okay, toll klingt das nicht gerade.«

»Ganz genau! Darum habe ich einen Schlussstrich gezogen und mich von Jan getrennt«, erwiderte sie gefasst. »Und ich bereue es nicht. Im Gegenteil, ich fühle mich erleichtert.«

»Bist du dir wirklich sicher? Das waren echte Tränen, die heute kullerten.«

»Sie waren ja auch echt. Aber sie galten meiner Freundschaft mit Marleen.«

Anna winkte beruhigend ab.

»Sei nicht traurig. Ihr beide werdet das wieder hinbekommen und dann ...«

»Nein, das werden wir nicht. Jan bat sie, mir nichts von der Affäre zu sagen. Und sie tat es tatsächlich nicht!«, stieß sie fassungslos hervor. »Meine beste Freundin verschwieg mir die ganze Zeit, dass mein Mann mich betrog.« Ina schluckte und schüttelte den Kopf. »Sorry! Das kann ich ihr nicht verzeihen. Niemals! Und ich will es auch gar nicht.«

»Das soll heißen?« Mit großen Augen sah Anna ihre Kollegin an.

»Das soll heißen, dass ich nicht nur meine Ehe, sondern auch die Freundschaft zu Marleen beendet habe.«

»Das ist nicht dein Ernst? Du schmeißt eine Freundschaft weg, die seit über dreißig Jahren besteht? Nur deswegen?«

»Was heißt hier ›nur deswegen‹? Sie hat mir etwas sehr Wichtiges verheimlicht. Im Grunde hat sie mich mit betrogen.« Anna starrte ihre Kollegin schweigend an. »Was ist? Sag was!«, bat Ina eindringlich.

»Was soll ich dazu sagen?«, entgegnete sie achselzuckend und räusperte sich. »Außer, dass ich mich gerade frage, wo der Cognac ist, wenn man einen braucht.«

»Glaub nicht, dass es mir leichtfällt«, fuhr Ina fort. »Es zerreißt mir das Herz. Marleen steht mir fast näher als meine Schwester. Aber es geht nicht anders. Ich muss irgendwie …« Der Vibrationsalarm ihres Diensttelefons unterbrach Ina und sie schaute aufs Display. »Herr Beyer«, murmelte sie, »da muss ich sofort hin. Der klingelt nicht grundlos.« Sie stand auf und nahm Anna kurz in den Arm. »Du hattest recht. Wenn man den ersten Satz rauslässt, kommt der Rest von allein. Ich fühle mich tatsächlich etwas besser. Danke fürs Zuhören im richtigen Moment.«

»Wir sind mehr als nur Kollegen, wir sind auch Freunde. Und dafür sind Freunde da«, entgegnete Anna mitfühlend.

Ina nickte.

»Ich geh jetzt an meine Arbeit und du siehst zu, dass du endlich nach Hause kommst. Verstanden? Das ist eine nachtschwesterliche Anordnung!« Sie zwinkerte ihrer Kollegin kurz zu und verließ das Zimmer.

Anna ließ sich zurück auf den Stuhl fallen und schnaufte tief durch.

»Was für ein Mist«, murmelte sie und trank ihren Kaffee aus. Dann stand sie auf, holte ihre Jacke aus dem Spint und schlüpfte hinein. Als sie sich über ihren Schreibtisch beugte um die Lampe auszuschalten, fiel ihr Blick auf eine Notiz in ihrem Tischkalender. ›Hut abholen!‹, stand dort in roter Schrift. Anna überlegte kurz, dann nickte sie leicht. »Natürlich, das ist es«, murmelte sie. »Ein Versuch ist es wert.«

»Was ist ein Versuch wert?«, fragte Ina. Anna zuckte zusammen und schlug sich mit der flachen Hand auf die Brust.

»Mein Gott! Wo kommst du denn schon wieder her?«

»Durch die Tür! Unser Dienstzimmer hat nur diese eine.«

»Sehr witzig!« Anna verdrehte die Augen.

»Herr Beyer hatte nur eine Frage zu seinen Schmerzpillen. Das war fix erledigt«, erklärte Ina. »Darf ich fragen, wieso du immer noch hier bist? Muss ich dich etwa persönlich hinausbegleiten?«

»Ina, hast du nächsten Samstag Zeit? Nachmittags, so gegen drei.«

»Nächsten Samstag?«, wiederholte Ina murmelnd. »Lass mich kurz nachschauen.« Sie nahm ihr Handy und öffnete den Kalender. »Samstag liegt bei mir nichts an. Warum fragst du?«

»Super! Ich hole dich um viertel vor drei ab.«

»Aha. Sagst du mir auch warum und wieso?«

»Lass dich überraschen! Manches lässt sich nicht mit Worten erklären.« Anna nahm ihre Tasche, die unter ihrem Schreibtisch stand, und ging zur Tür. Dort drehte sie sich noch einmal um. »Es wird bestimmt ein interessanter Nachmittag. Eine Absage von dir akzeptiere ich nicht«, fügte Anna mit einer Entschlossenheit hinzu, die keinen Widerspruch duldete.

Wie besprochen holte Anna ihre Kollegin ab. Gemeinsam fuhren sie Richtung Innenstadt.

»So Anna! Nun aber raus mit der Sprache. Wo geht's hin?«

»Zum Blumenladen.«

»Zum Blumenladen?« Ina zog die Stirn kraus. »Brauchen wir Blumen? Wollen wir jemanden besuchen?«

»Ja, ganz genau. Doch nicht nur das! Wir müssen auch etwas abholen für jemanden, der jemanden besuchen will.«

Ina rollte mit den Augen.

»Okay! Ich schätze, es ist sinnlos, weiter zu fragen. Ich weiß, du liebst diese Geheimniskrämerei.«

»Warte doch einfach ab. Dauert ja nicht mehr lange«, erwiderte Anna grinsend und schaltete das Radio ein. »Genieße die Musik und freue dich auf ein paar schöne Stunden.«

»Ist nicht so einfach, wenn man nicht weiß, was einen erwartet.«

Anna lachte laut auf.

»Mein Gott, beruhig dich! Du wirst doch nicht zur Schlachtbank geführt. Mach dir keine Gedanken. Du kennst mich doch.«

»Eben«, murmelte Ina.

Einige Minuten später fuhr Anna endlich rechts ran und parkte vor einem Blumengeschäft.

»Bin sofort zurück«, sagte sie kurz, löste den Gurt und stieg aus. Tatsächlich dauerte es nur wenige Minuten bis Anna zurückkam. In der einen Hand hielt sie einen eleganten weißen Strohhut. Er besaß eine breite Krempe und war mit einem Hutband aus hellblauem Organza geschmückt. Zwei dunkelblaue Hyazinthen waren kunstvoll in den Falten des Stoffes eingearbeitet. In der anderen Hand trug sie einen Biedermeierstrauß aus orangefarbenen Röschen. Sie nickte Ina kurz zu, die daraufhin die Beifahrertür öffnete.

»Würdest du die Blumen und den Hut auf den Schoß nehmen? Im Kofferraum könnten die Hyazinthen abbrechen.«

Ina nickte.

»Natürlich, sehr gerne. Der Hut sieht traumhaft aus«, stellte sie bewundernd fest.

»Das kannst du laut sagen. Die Floristin ist der Hammer. Sie hat sich mal wieder selbst übertroffen«, schwärmte Anna und schloss die Beifahrertür.

»Wir besuchen eine Frau, so viel ist sicher«, stellte Ina fest, nachdem sie wieder losgefahren waren.

»Messerscharf erkannt! An dir ist ein wahrer Sherlock Holmes verloren gegangen.«

Ina grinste, schloss die Augen und atmete genussvoll den Duft der Hyazinthen ein.

»Mmmh…, einfach himmlisch! Wie können diese winzig kleinen Glockenblüten nur so lecker nach Honig duften?«

»Wow! Du kommst ja richtig ins Schwärmen.«

»Na klar, bei diesem Duft! Ich weiß zwar nicht, was du noch mit mir vorhast, aber bis jetzt bin ich begeistert.«

Sie brauchte noch ungefähr zwanzig Minuten, bis Anna endlich in eine kleine Seitenstraße einbog und vor einem der Häuser parkte.

»Wir sind da! Und Vittoria auch«, stellte Anna fest und deutete auf eine junge Frau, die auf dem Gehweg auf und ab ging. Unter dem Arm trug sie eine große dunkelblaue Geschenkschachtel. »Das ist Vittoria Schneider. Für sie habe ich den Hut abgeholt. Sie hatte die Floristin beauftragt, ihn mit dem Organza und den Hyazinthen zu schmücken. Sie möchte ihn ihrer Freundin schenken.«

Ina kräuselte die Stirn.

»Wer ist diese Vittoria? Warum hat sie den Hut nicht selber abgeholt?«

»Sie ist die Freundin einer ehemaligen Patientin. Vittoria hatte etwas in Italien zu erledigen. Sie konnte leider nicht eher nach Hamburg kommen. Sie ist gerade erst gelandet, hat sich am Flughafen einen Leihwagen geschnappt und sich sofort auf den Weg hierher gemacht. Da der Blumenladen auf meinem Weg liegt, habe ich ihr angeboten, den Hut abzuholen. Ich hatte sowieso vor, einen Blumenstrauß für ihre Freundin zu kaufen, also war es kein Problem.«

»Also besuchen wir ihre Freundin«, stellte Ina fest. »Und die ist eine ehemalige Patientin von uns. Dann kenne ich sie, oder?«

»Kennen ist übertrieben. Mag sein, dass du sie schon mal gesehen hast. Aber sie war bei uns in der Reha, als du noch auf der anderen Station gearbeitet hast.«

»Und wieso hat sie dich eingeladen?«, fragte Ina sichtlich irritiert.

»Ich bin nicht eingeladen, sondern ein Überraschungsgast. Das war Vittorias Idee! Weil ich die Lieblingskrankenschwester ihrer Freundin war!«

»Oookay! Nun noch eine letzte Frage. Wozu wurdest du eingeladen? Hat sie Geburtstag?«

»Auch!«

»Auch?« Ina hob die Augenbrauen. »Was soll das jetzt wieder heißen?«

»Wenn ich richtig gezählt habe, ist das jetzt schon die dritte Frage«, erwiderte Anna grinsend. »Warte es einfach ab. Wird sich alles aufklären. Ich nehme dir jetzt erstmal den Hut und die Blumen ab.« Sie stieg aus, ging um den Wagen herum und öffnete die Beifahrertür. »Dann reiche mir mal die Prachtstücke!«

Als Vittoria Anna und Ina sah, kam sie zu ihnen herüber.

»Vittoria, herzlich willkommen in Hamburg. Wie schön, dass wir uns endlich wiedersehen!«, begrüßte Anna sie.

»Und das auch noch zu einem so wunderbaren Anlass«, erwiderte die junge Frau und nahm Anna in den Arm.

»Darf ich vorstellen, meine Kollegin Frau Rohde«, sagte Anna, nachdem Vittoria sie wieder freigegeben hatte.

Die beiden Frauen begrüßten sich kurz, dann entdeckte Vittoria den Hut.

»Der ist ja traumhaft geworden! Genau so habe ich ihn mir vorgestellt.« Sie strich sich mit einer Hand ihr langes schwarzes Haar zurück und nahm Anna den Hut ab. »Er ist zwar nicht für mich, aber einmal möchte ich ihn aufsetzen«, schwärmte sie. »Wer weiß, ob ich ihn später noch einmal in die Finger kriege.«

Anna lachte kurz auf.

»Ich befürchte, das können Sie vergessen. Christin wird mit diesem Prachtstück essen, duschen und schlafen.«

»Oh ja, ganz sicher!« Fasziniert betrachtete Ina die junge Frau, deren blaue Augen genauso leuchteten wie das Blau der Hyazinthen.

»Also, wenn ich ehrlich sein soll«, sagte sie bewundernd, »er ist wie für Sie gemacht! Vielleicht sollten Sie mit ihm durchbrennen.«

Gespielt ernst kniff Vittoria ihre Augen zusammen.

»Ich muss gestehen, ich hatte kurz darüber nachgedacht.« Doch dann schmunzelte sie und nahm den Hut ab. Sie öffnete die Geschenkschachtel und legte ihn vorsichtig hinein. Aus ihrer Handtasche holte sie ein weißes Schleifenband und wickelte es um die Schachtel. »Nun lassen Sie uns zu Christin gehen. Das Geburtstagskind wartet bestimmt schon.«

Gemeinsam machten sich die drei auf den Weg. Sie hatten die Haustür noch nicht ganz erreicht, da öffnete sie sich bereits wie von Geisterhand.

»Hereinspaziert, meine lieben Gäste«, begrüßte sie eine junge Frau mit einem strahlenden Lächeln. Sie saß in einem Rollstuhl und hatte eine hellgraue Katze auf dem Schoß. »Mein Vater hat euch schon am Auto stehen sehen. Nur was ihr dort solange gemacht habt, hat er mir nicht verraten. Was hast du noch ausgeheckt, Vittoria?«, fragte Christin. »Gib zu, du hast überlegt, mit meinem Geschenk durchzubrennen? Was auch immer es ist.« Vittoria lachte und zwinkerte

Ina kurz zu. »Meine Freundin kennt mich«, nuschelte sie grinsend. Gemeinsam traten sie in den Flur und Vittoria legte ihr Geschenk auf der Kommode ab. Dann beugte sie sich zu Christin hinunter und umarmte sie. »Alles Gute zum Dreißigsten, liebe beste Freundin! Ich wünsche dir alles, was du dir wünschst.« Dann ließ sie von ihr ab, trat zu Anna und hakte sich bei ihr unter. »Schau mal, wen ich mitgebracht habe. Deine Lieblingskrankenschwester! Da es ja mehr ist als eine Geburtstagsfeier und du Überraschungsgäste erlaubt hast, freust du dich bestimmt, sie wiederzusehen.«

»Und ob ich mich freue!« Christin strahlte übers ganze Gesicht.

»Herzlichen Glückwunsch zum Geburtstag«, sagte Anna und überreichte ihr den Biedermeierstrauß. »Der ist von meiner Kollegin und mir.« Anna deutete kurz auf Ina. »Darf ich vorstellen, Frau Rohde. Wir beide haben später noch einen Termin am anderen Ende der Stadt«, schwindelte Anna. »Meine Kollegin hat zurzeit kein Auto, darum habe ich sie im Schlepptau. Ich hoffe, das ist okay.«

»Alle Überraschungsgäste sind herzlich willkommen!«, erwiderte Christin und reichte Ina die Hand.« Da Sie nicht mit dem Auto fahren müssen, sollten Sie unbedingt ein paar Gläschen von meiner Erdbeer-Wodka-Bowle probieren.«

»Klingt verführerisch!«, erwiderte Ina schmunzelnd und gratulierte Christin ebenfalls. Anschließend gingen sie gemeinsam ins Wohnzimmer, wo bereits einige Gäste versammelt waren. Nachdem Christin einander vorgestellt hatte, stand Vittoria mit dem Geschenk vor ihr.

»Weißt du noch, wovon du vor zirka einem Jahr geträumt hast?«, fragte sie aufgeregt.

»Vor einem Jahr?«, stieß ihre Freundin hervor und sah sie mit großen Augen an. »Du Witzbold! Ich kann mich nicht mal daran erinnern, was ich letzte Woche geträumt habe.«

»Dann denk mal haarscharf nach!«

Christin kräuselte die Stirn und überlegte kurz.

»Keinen Schimmer«, nuschelte sie.

»Na gut, vielleicht hilft dir mein Geschenk auf die Sprünge.« Sie schubste sanft die Katze von Christins Schoß und legte das Geschenk ab.

»Nun hast du mich echt neugierig gemacht«, sagte Christin und löste die Schleife. »Aber nicht enttäuscht sein, wenn ich mich trotzdem nicht erinnere.« Sie hob den Deckel hoch und erstarrte in ihrer Bewegung, als sie den Hut sah. »Ich glaub es nicht«, sagte sie kaum hörbar und legte den Deckel beiseite. Verwundert sah sie Vittoria an. »Das wusstest du noch?«

»Na hör mal«, erwiderte diese gespielt entrüstet. »Eine beste Freundin vergisst so etwas nicht. Das hellblaue Sommerkleid wartet in Florenz auf dich!«

Christins Augen schimmerten feucht und sie räusperte sich.

»Dass sich mein Traum erfüllt, habe ich allein dir zu verdanken.«

Während alle anderen anscheinend wussten, worüber die beiden redeten, stand Ina da und verstand kein Wort. Anna entging nicht der fragende Blick, den sie ihr zuwarf.

»Christin, darf ich meiner Kollegin Ihren wunderschönen Garten zeigen? Er ist so toll angelegt, das muss man gesehen haben!«

»Es ist zwar nicht mein Garten, aber meine Eltern haben bestimmt nichts dagegen. Er ist ihr ganzer Stolz! Meine Mutter werkelt schon wieder in der Küche herum, wo mein Vater gerade herumstrolcht, weiß ich nicht«, suchend wandte sie sich um. »Lassen Sie sich von den beiden aber nicht erwischen«, fuhr sie grinsend fort, »sonst wird man Ihnen in den folgenden Stunden genau erklären, wie die ganzen Büsche und Blumen heißen. Warum sie dort gepflanzt wurden, wo sie gepflanzt wurden. Und warum sie nicht woanders gepflanzt wurden.«

»Okay, vielen Dank für die Warnung«, erwiderte Anna lachend. »Wir passen auf, dass uns niemand entdeckt.« Sie hakte sich bei Ina unter. »Na komm, lass uns die grüne Oase bestaunen.«

»Diese Vittoria ist wirklich eine hübsche Frau«, schwärmte Ina, als sie auf die Terrasse traten. »Die schwarzen Haare und diese himmelblauen Augen. Was für ein Kontrast!«

»Ihre Mutter ist Italienerin. Von ihr hat sie das schwarze Haar. Die blauen Augen hat sie vom Vater, einem waschechten Hamburger. Sie wohnen hier in Hamburg. Vittoria wird allerdings nach Italien ziehen. Aber eins nach dem anderen. Es ist eine lange Geschichte. Lass uns durch den Garten schlendern, dabei erzähle ich dir alles.« Ina nickte und sie spazierten los.

»Also«, begann Anna, »Christin und Vittoria sind schon seit der Schulzeit beste Freundinnen. Christin ist Restaurantfachfrau, Vittoria gelernte Köchin. Schon während der Lehre träumten die beiden vom eigenen, gemeinsamen Restaurant. Vor ungefähr einem Jahr hat sich ihr Traum tatsächlich erfüllt. Vittorias Tante Lucia hatte in Florenz ein kleines Restaurant. Aus Altersgründen wollte sie es aufgeben und bot es den beiden zum Kauf an. Natürlich konnten sie da nicht nein sagen. Ihre Ersparnisse flossen in den Kauf, der Rest wurde durch die Bank finanziert. Sie waren überglücklich.«

»Die beiden haben das Restaurant tatsächlich übernommen?«, stieß Ina anerkennend hervor. »Echt mutig von Christin, sich an ein solches Projekt zu wagen. Ein Restaurant zu leiten ist schon für jemanden auf zwei Beinen ein Kraftakt.«

»Genau das ist der Punkt! Als sie sich entschlossen, das Restaurant zu übernehmen, konnte Christin noch laufen.«

Inas Blick verdunkelte sich.

»Was ist passiert?«

»Ein Reitunfall. Wenige Wochen, bevor die beiden nach Italien ziehen wollten, stürzte sie so unglücklich vom Pferd, dass die Wirbelsäule irreparabel geschädigt wurde. Sie ist ab der Hüfte abwärts gelähmt.«

Ina schluckte schwer.

»Oh mein Gott«, seufzte sie und sah hinüber zu Christin, die sich auf der Terrasse mit einem jungen Mann unterhielt und dabei herzhaft lachte. »Trotz allem scheint sie eine lebenslustige Frau zu sein, die ihren Traum nicht aufgibt. Weiß nicht, ob ich das so einfach meistern würde.«

»Ganz so einfach, wie es jetzt aussieht, war es auch nicht. Im Gegenteil! Als Christin erfuhr, dass sie nie wieder gehen könnte, gab sie sich komplett auf. Sie ließ niemanden an sich heran. Irgendwann kam sie dann zu uns in die Reha. Eigenartigerweise war ich die einzige, mit der sie sprach und der sie sich anvertraute. Frag mich nicht, wieso. Nicht mal ihre Familie und Vittoria schafften das. Vielleicht wollte sie die Menschen, die sie liebt, nicht mit ihren traurigen Gedanken belasten. Aber ich brachte sie schließlich dazu, wenigstens mit ihrer Freundin über ihre Entscheidung zu sprechen.«

»Welche Entscheidung?«

»Christin wollte nicht mehr nach Italien. Der Traum vom gemeinsamen Restaurant interessierte sie nicht mehr. Auch das Geld, das sie bereits in den Kauf gesteckt hatte, war ihr egal. Eigentlich war ihr alles egal. Ich machte ihr klar, dass sie es Vittoria unbedingt mitteilen musste. Das tat sie dann auch.« Anna schlug sich mit beiden Händen auf die Wangen und schüttelte den Kopf. »Du kannst dir nicht vorstellen, was da los war. Vittoria ist ausgeflippt. Ihr italienisches Temperament ging mit ihr durch. Sie weigerte sich, Christins Entscheidung zu akzeptieren. Noch am gleichen Tag bat sie ihre Tante, noch für einige Monate das Restaurant weiterzuführen. Sie brauchte Zeit, um Christin klarzumachen, dass sie einen Fehler beging. Aufgeben war für Vittoria keine Option. Sie blieb in Hamburg und suchte immer wieder das Gespräch mit ihrer Freundin. Irgendwann gestand Christin, dass ihr das Restaurant alles andere als egal war. Nach wie vor liebte sie den Gedanken, es gemeinsam mit Vittoria zu führen. Doch sie war davon überzeugt, für ihre Freundin zu einer Belastung zu werden. Wie sollte sie mit ihrer Behinderung in dem Restaurant arbeiten? Vittoria musste sich eingestehen, dass das tatsächlich problematisch sein würde. Das Restaurant war alt und nicht rollstuhlgerecht erbaut worden. Tatsächlich hätte einiges geändert werden müssen. Doch dafür fehlte das Geld. Ein weiterer Kredit war nicht drin.«

»Was für eine schwierige Situation«, seufzte Ina.

»Na ja, ein Ass hatte Vittoria noch im Ärmel. Es gab ein Schmuckstück, das sie von ihrer Großmutter geerbt hatte. Kurzerhand ließ sie es begutachten. Was dabei herauskam, überstieg bei weitem ihre Vorstellung. Es dauerte nicht lange, bis sie einen Käufer fand.«

»Na, das nenne ich Glück im Unglück! Klasse!« Ina strahlte.

»Tja, die Sache hatte einen Haken.«

»Der wäre?«, fragte Ina mit hochgezogenen Brauen.

»Christin durfte von dem Verkauf nichts erfahren. Erbstücke sind ihr heilig! Als sie damals über die Ausgaben sprachen, die eine

Übernahme eines Restaurants mit sich brachte, kamen sie auch auf dieses Schmuckstück zu sprechen. Schon damals wollte Vittoria es schätzen lassen. Christin war stinksauer und nahm ihrer Freundin das Versprechen ab, den Schmuck niemals zu verkaufen, egal wie knapp sie bei Kasse wären.«

Grimassenhaft verzog Ina das Gesicht.

»Und sie versprach es!«

»Ganz genau.« Anna atmete schwer durch. »Vittoria musste sich also entscheiden. Ihr Versprechen halten oder den gemeinsamen Traum wahr werden lassen. Beides ging nicht. Doch für sie war die Entscheidung klar. Niemals hätte sie ihre beste Freundin zurückgelassen. Ein Restaurant in Italien, das war ihr gemeinsamer Traum. Entweder sie beide oder gar nicht! Sie verkaufte den Schmuck und weihte ihre Eltern ein. Die behaupteten gegenüber Christin, das Geld käme von ihnen, und sie würden es den beiden schenken. Doch auch das lehnte Christin ab. Nur unter der Bedingung, es nach und nach zurückzahlen zu dürfen, wollte sie es annehmen.« Anna faltete die Hände und warf einen Blick in den Himmel. »Halleluja, die Umbaumaßnahmen konnten endlich beginnen.«

»Und wenn Christin irgendwann mal den Schmuck sehen will?«, fragte Ina irritiert. »Was dann?«

»Natürlich hätte das passieren können. Das war auch Vittoria klar. Nachdem die Umbauarbeiten abgeschlossen waren, reisten die beiden nach Italien. Als Christin ihr Restaurant sah und feststellte, dass sie sich frei darin bewegen konnte, war sie überglücklich. Sie war wie ausgewechselt. Zwei Wochen blieben sie in Italien, da es noch einiges zu erledigen gab. Während dieser Zeit beichtete Vittoria, was sie getan hatte. Christin ist ausgerastet. Jetzt war es Vittoria, die sich einiges anhören musste. Doch nachdem sich die Gemüter beruhigt hatten, sprachen sie in Ruhe miteinander. Schnell wurde Christin klar, warum ihre Freundin so gehandelt hatte. Natürlich hätte sie dem Verkauf des Schmuckstückes niemals zugestimmt. Doch sie musste sich eingestehen, dass es sie verdammt glücklich machte, dass Restaurant nun doch gemeinsam mit ihrer Freundin führen zu können. Christin begriff, dass Vittoria alles eingesetzt hatte, was ihr zur Verfügung stand, um ihnen ihren Traum zu erfüllen. Auch wenn dies bedeutete, ein Versprechen zu brechen. Und so feiern wir heute nicht nur Christins Geburtstag, sondern auch den Abschied der beiden. Übermorgen beginnt ihr neues Leben in Florenz.« Anna atmete tief durch. »Ich freue mich, dass alles nun doch noch ein gutes Ende genommen hat. Natürlich ist mir klar, dass es ist nicht richtig ist, jemanden zu belügen. Erst recht nicht einen Menschen, den wir lieben. Andererseits tun wir es manchmal vielleicht auch gerade deswegen. Weil wir ihn lieben! Hin und wieder kann ein rauer Wind durch eine Freundschaft wehen. Dann kommt es darauf an, hält man sich an den Händen oder lässt man los?« Anna deutete zu Christin und Vittoria rüber. »Schau dir die beiden doch an! Sie sehen so glücklich aus. Ich freue mich, dass Vittoria ihre Freundin nicht losgelassen hat, und bin erleichtert, dass ...«

»Dass Christin ihr verziehen hat«, führte Ina den Satz zuende und lächelte. »Ich habe verstanden, was du mir sagen willst. Deswegen hast du mich also hierhergeschleppt. Damit ich die beiden und ihre Geschichte kennen lerne.«

Anna nickte und lächelte mitfühlend.

»Wirf deine Freundschaft mit Marleen nicht einfach weg, Ina. Sprecht miteinander! Wer weiß, warum sie dir Jans Affäre verschwiegen hat. Frag sie! Und dann findet gemeinsam einen Weg, auf dem ihr wieder aufeinander zugehen könnt. Und wenn ihr ihn nicht sofort findet, nur nicht aufgeben, Wege entstehen beim Gehen«, sagte sie augenzwinkernd.

Ina atmete tief durch.

»Ich denk drüber nach«, seufzte sie und lächelte. »Aber eine Frage habe ich noch. Was hat es mit diesem Hut auf sich? Was hat er damit zu tun, wovon Christin vor einem Jahr träumte?«

Ihre Kollegin hob den Zeigefinger.

»Stimmt! Habe ich dir ja noch gar nicht erzählt. Christin liebt Hüte! Sie hat mal von stolzen dreißig Stück gesprochen, die mittlerweile zu ihrer Sammlung gehören. Und ihre Lieblingsblumen sind Hyazinthen. Besonders die blauen haben es ihr angetan. Zu der Zeit, als sie über den Kauf des Restaurants nachdachten, hatte sie einen Traum. Sie träumte von der Eröffnung ihres Restaurants. Sie sah sich in einem hellblauen Sommerkleid und mit einem weißen Strohhut, der mit blauen Hyazinthen verziert war. Dieser Traum ließ sie nicht mehr los. Sofort machte sie sich schlau, was er bedeutete. Sie war glückselig, als sie las, von Hyazinthen zu träumen, könnte die Erfüllung lang ersehnter Wünsche bedeuten. Von dem Moment an sprach sie tagelang nur noch davon. Für Christin war dieser Traum ein Zeichen, den Kauf des Restaurants zu wagen. Und Vittoria versprach ihr, dass sie zur Eröffnung ein solches Kleid und diesen Hut tragen wird. Ich bin sicher, es war kein Zufall, dass Christin damals von einem *blauen* Kleid und *blauen* Hyazinthen träumte. Diese Farbe steht für Treue und Verlässlichkeit. Beides macht diese Freundschaft aus! Und beides half Christin durch die wohl schwerste Zeit ihres Lebens. Sie eröffnen das Restaurant zwar erst in einer Woche, aber ich denke, Vittoria hat ihrer Freundin den Hut als Symbol für den Neubeginn überreicht.«

»Eine wunderschöne Geste«, sagte Ina und sah zur Terrasse hinüber. Vittoria saß neben Christin und hatte den Arm um ihre Schulter gelegt. Hinter ihnen hatten sich Freunde der beiden für ein gemeinsames Foto aufgestellt. Alle lachten und alberten herum wie Teenager. Christins Vater stand mit der Kamera vor ihnen und versuchte verzweifelt, die übermütige Bande in den Griff zu kriegen.

»So alberten Marleen und ich auch oft herum«, seufzte Ina. »Wir können über dieselben Dinge lachen. Sie fehlt mir.«

»Das glaube ich dir. Ist nicht einfach, jemanden zu finden, der den eigenen Humor teilt.« Sie hakte sich bei Ina unter. »Na komm, lass uns zu ihnen gehen und mitlachen.«

»Geh ruhig vor. Ich möchte nur kurz jemanden anrufen.«

»Jemanden?«, wiederholte Anna gespielt unwissend.

Ina rollte mit den Augen.

»Du weißt genau, wen ich meine! Marleen und ich, wir sollten endlich miteinander reden. Und da hier so viel von Bella Italia in der Luft liegt und ich Appetit bekommen habe auf Pizza und Lambrusco, könnte man dies mit einem Besuch beim Italiener verbinden.«

Anna boxte ihrer Kollegin freundschaftlich auf den Arm.

»Finde ich gut! Aber warum nur Pizza und Lambrusco? Nimm das teuerste Gericht, das die Karte zu bieten hat, und natürlich den edelsten Rotwein! Die Vorspeise nicht vergessen, und zum Dessert ein Tiramisu. Deine Freundin zahlt, zur Strafe, weil sie dir das mit Jan verschwiegen hat!«

»Zur Strafe?« Überrascht hob Ina die Augenbrauen. »Ich denke, ich soll vergeben und vergessen?«

Anna grinste breit.

31

»Sollst du ja auch! Aber man muss das Vergeben und Vergessen ja nicht gleich übertreiben«, erwiderte sie augenzwinkernd.

Der zerrissene Umschlag

»Wow … lecker, Kuhfladen und Kakao!«, jubelte Peter, als er in die Küche kam. Genussvoll rieb er sich den Bauch und fuhr mit der Zunge die Oberlippe entlang. Er rannte zu seinem Stuhl, sprang mit einem Ruck drauf und stieß gegen die Tischkante. Sein Kakao schwappte über den Rand der Tasse und bildete eine kleine Pfütze.

»Nicht so wild«, mahnte sein Vater grimmig. »Und es sind keine Kuhfladen, sondern Frikadellen. Möchte mal wissen, woher du diese unmöglichen Ausdrücke hast. Geh dir erstmal die Hände waschen! Die sehen aus, als hättest du deine Urgroßmutter ausgegraben.« Verständnislos schüttelte er den Kopf.

»Nun lass doch den Jungen, Stefan. Ein bisschen Sand im Magen hat noch keinem geschadet«, verteidigte ihn seine Mutter und zwinkerte ihrem Sohn verschwörerisch zu. Doch als Peter der strenge Blick seines Vaters traf, wusste er, dass ihm der Kontakt mit der ungeliebten Seife nicht erspart blieb. Widerwillig schlurfte er ins Bad. Seine Mutter sah ihm kurz hinterher, dann wandte sie sich ihrem Mann zu.

»Übrigens, wegen dieser unschönen Sache letzte Woche. Ich verstehe nicht, dass der Dirks sich das gefallen lässt. Es würde mich nicht wundern, wenn unser werter Nachbar seiner Gattin irgendwann den Hals umdreht. Hätte ich schon längst getan. Einfach den Hals umdrehen, irgendwo verbuddeln und …«

»Heike!«, stieß Stefan hervor. »Rede nicht so, wenn der Kleine im Haus ist.«

»Ich bin nicht klein! Ich bin zwölf!«, ertönte es aus dem Bad. Kurz darauf stürmte Peter zurück an den Tisch. »Cool! Wem möchtest du den Hals umdrehen, Mama?« Mit aufgerissenen Augen starrte er sie an. Die Mordgelüste seiner Mutter hatten die Kuhfladen eindeutig vom ersten Platz seiner Hitliste gestoßen.

»Hier wird niemandem der Hals umgedreht«, mischte sich sein Vater ein. »Iss jetzt!« Peter zog eine Schippe, nahm einen großen Bissen von der Frikadelle und wandte sich wieder an seine Mutter.

»Darf ich gleich zu Timmi?«, fragte er und redete weiter, während er kaute. »Er hat ein cooles Computerspiel. Voll gruselig. Mit Zombies. Die sind in eine Stadt eingedrungen.« Er schluckte und biss erneut ab. »Die Zombies wollen …«

»Sprich nicht mit vollem Mund!«, befahl sein Vater und schlug mit der flachen Hand kurz auf den Tisch. Peter zuckte zusammen. Zügig schlang er sein Essen runter.

»Die Zombies wollen die ganze Stadt vernichten«, erzählte er etwas zögernd weiter. »Nur ein paar Jungs können das verhindern und die Menschen retten. Und das …«

»Und das seid ihr beide wahrscheinlich«, unterbrach ihn sein Vater erneut. »Rettet mal lieber eure nächste Mathearbeit!«

»Meine Güte«, mischte sich Heike ein, »nun lass doch den Jungs ihren Gruselspaß. Sei nicht so streng. Das wird ja immer schlimmer mit dir. Du bist nur noch am Meckern.« Verständnislos schüttelte sie den Kopf und wandte sich ihrem Sohn zu. »Natürlich darfst du zu Timmi. Aber spätestens um sieben bist du wieder zuhause. Verstanden?«

»Geht klar!« Hastig trank er den Kakao aus, wischte sich mit dem Handrücken über den Mund und stand auf. »Bis nachher«, sagte er, schnappte sich seinen Rucksack und verschwand.

Als Peter sein Fahrrad aus der Garage holen wollte, sah er Nachbar Alfred Dirks in seiner ausgebeulten Jogginghose und seinem schmierigen Unterhemd im Garten stehen. Er hielt ein Handy am Ohr, zog gerade an seiner Zigarette und blies anschließend den Rauch in die Luft. Dann hörte Peter ihn reden. »Ja, ganz genau! Heute in aller Herrgottsfrühe. Hab mir das nicht mehr länger mit angeschaut. Hatte die Schnauze voll. Hab gewartet, bis 'se wiederkam. Dann ist's passiert«, erzählte Dirks, steckte kurz die Zigarette in den Mund und kratzte sich seinen fettigen Kopf. Peter schlich etwas näher an den Zaun heran und hockte sich hinter einen Busch. »Ging kurz und schmerzlos«, hörte er Dirks weiterreden. »Quatsch! Mach dir keine Sorgen. Niemand hat was davon mitgekriegt. Bin doch nicht dämlich. Wo 'se jetzt ist? Neee, natürlich habe ich 'se nicht in der Küche liegenlassen. Spinnst du? Hab 'se in den Keller geschleppt. Bring 'se heut Nacht zur Parzelle. Werd 'se dort verbuddeln. Die sucht da keiner. Und wenn jemand nachfragt, dann ist 'se halt abgehauen. Darüber wird sich keiner wundern. Die meisten kennen ja unser, vornehm ausgedrückt, angespanntes Verhältnis.« Er lachte schmierig, was seinen Bierbauch kräftig wackeln ließ. Zwischen Daumen und Zeigefinger hielt er den Zigarettenstummel, zog ein letztes Mal daran und schnippte ihn anschließend weg. »Muss jetzt Schluss machen«, sagte er und strich sich mit der Hand über seinen Bauch. »Werd jetzt 'ne Runde vorpennen. Die nächste Nacht wird kurz. Bis später. Ich melde mich. Tschüss.« Dirks steckte das Handy in die Tasche seiner Jogginghose und schlurfte in den Geräteschuppen. Peter beobachtete, wie er kurz darauf mit einem Spaten zurückkam und ihn im Kofferraum seines Autos verstaute. Plötzlich fielen ihm die Worte seiner Mutter ein.

»Jetzt hat der Typ echt seine Alte gekillt«, flüsterte er mit weit aufgerissenen Augen. Peter schluckte, als müsste er eine dieser Riesenkröten herunterwürgen, die er manchmal seinen Mitschülerinnen in die Taschen steckte. Seine Gedanken wirbelten herum. Ein Mord! Direkt nebenan! Davon musste er sofort Timmi berichten. Er rannte in die Garage, klemmte hastig den Rucksack auf den Gepäckträger und sprang aufs Rad.

Obwohl es nur knapp fünfhundert Meter waren, fühlte es sich für Peter wie eine Ewigkeit an, bis er vor dem Haus seines Freundes ankam. Hastig fuhr er die Auffahrt hinauf, sprang noch während der Fahrt vom Rad und ließ es einfach vor der Garage fallen. Völlig außer Atem rannte er zur Tür und klingelte Sturm.

»Du glaubst nicht, … du glaubst nicht, was passiert ist. Du glaubst es nicht«, presste er heraus, als Tim die Tür öffnete. Peters Brust hob und senkte sich heftig. »Unser Nachbar …, der Dirks …, ich hab gehört …ich hab gehört, dass er seine Frau …« Er stockte, fuhr sich mit dem Zeigefinger einmal von links nach rechts an seiner Kehle entlang und schnalzte mit der Zunge. »Er hat ihr das Licht ausgeknipst.«

Tim starrte ihn mit großen Augen an.

»Was redest du da für ’n Scheiß?«

»Das ist kein Scheiß!«, stieß Peter hervor und trat in den Flur. »Unser Nachbar! Der hat seine Frau gekillt! Wirklich!«

Tim schloss die Tür, dann tippte er sich mit dem Zeigefinger an die Stirn.

»Du spinnst doch! Hast du wieder einen deiner Gruselfilme geguckt?« Ohne eine Antwort abzuwarten ging er in sein Zimmer. »Lass uns den PC anschmeißen.«

»Aber ich hab's doch selber gehört. Glaub mir doch!«, beschwor Peter ihn aufgeregt, während er seinem Freund folgte. »Wirklich! Heute Nacht will er sie auf seiner Parzelle verbuddeln. Ich hab's mit eigenen Ohren gehört!«

»Blödsinn!« Tim schaltete den PC ein. »Wer weiß, was du da wieder gehört hast.«

Enttäuscht sah Peter seinen Freund an.

»Wieso glaubst du mir nicht?«

»Weil Dirks ein Netter ist. Der tut keiner Fliege was. Ständig steckt der dir Geld für Eis oder Kaugummi zu. Letztens hat er dir sogar Kohle geschenkt, damit du dir ein paar Fußball-Sammelkarten kaufen kannst. So einer killt doch niemanden.«

»Alles nur Tarnung«, widersprach Peter und zappelte mit den Armen herum. »So wie bei Geheimagenten. Verstehst du? Die sind auch total nett und freundlich, damit niemand Verdacht schöpft. Ist doch logisch.«

»Hast du diesen Schwachsinn schon deinen Eltern erzählt?«

»Quatsch! Die glauben mir das sowieso nicht«, erwiderte er trotzig, warf seinen Rucksack auf Tims Bett und sich daneben. »Aber dieses Mal ist es keine meiner Schauergeschichten. Ehrlich nicht!«

»Nee, ist klar«, erwiderte Tim geistesabwesend, während er planlos auf der Tastatur seines PCs herumdrückte. »Mann, ich krieg dieses blöde Spiel nicht hochgeladen. Was mache ich denn jetzt schon wieder falsch? Dauernd kommt 'ne Fehlermeldung und dann wird der Bildschirm …«

»Hör zu!«, unterbrach ihn Peter. »Frag deine Mutter, ob du bei mir schlafen darfst. Es ist Samstag. Du darfst bestimmt. Und dann frag ich meine, ob wir im Baumhaus übernachten dürfen.«

Tim drehte sich zu seinem Freund um und sah ihn fragend an.

»Und wieso schläfst du nicht bei uns? Ich war schon die letzten zwei Wochenenden bei euch. Wenn du hier schläfst, könnten wir zum Beispiel ...«

»Halloo?! Ich möchte aber ins Baumhaus!«

»Warum?«

»Weil das Baumhaus auf unserer Parzelle steht, du Hörni!«

Tim zuckte mit den Schultern.

»Weiß ich! Na und?«

Mit gespreizten Fingern fuhr Peter sich durch seine rotblonden Locken und schüttelte den Kopf.

»Du kapierst es nicht, oder? Wir müssen den Dirks beobachten! Und vom Baumhaus aus haben wir einen super Blick in seinen Garten.«

»Und was dann? Wollen wir ihm beim Buddeln helfen?«

»Nee, dann rufen wir die Bullen. Vielleicht kriegen wir 'n Orden oder kommen in die Zeitung?«

»Du kriegst höchstens 'ne Tracht Prügel von deinem Vater, wenn der dahinterkommt, dass wir Dirks bespitzelt haben. Also lass den Blödsinn!«

Peter schüttelte entschlossen den Kopf.

»Auf keinen Fall! Wenn du nicht willst, dann werde ich ihn eben alleine beobachten.«

»Wie soll das denn gehen? Nie im Leben lässt dich deine Mutter ganz allein auf der Parzelle schlafen. Das kannst du vergessen.«

»Natürlich würde sie mir das nicht erlauben! Darum werde ich mich kurz nach Einbruch der Dunkelheit aus dem Haus schleichen. Und nachdem ich alles beobachtet habe und Zeuge der Tat war, fahre ich wieder zurück. Ich muss nur zusehen, dass ich kurz vorm

Hellwerden wieder im Bett liege. Dann ist alles geritzt. Aber zum Glück ist morgen Sonntag. Vor neun stehen meine Eltern eh nicht auf. Dann geht meine Mutter erstmal ins Bad, anschließend macht sie Frühstück. Vor zehn schaut sie garantiert nicht in mein Zimmer. Bis dahin bin ich hundertmal zurück.«

»Und was ist, wenn sie nochmal in dein Zimmer kommt, *bevor* sie ins Bett geht.«

»Ich lege einfach ein paar Kissen unter meine Decke und forme sie so, dass es aussieht, als würde ich drunter liegen. Habe ich mal in einem Bond-Film gesehen. Das funktioniert!«

»Aber du kannst doch nicht mitten in der Nacht allein durch die Gegend fahren, du Spinner.«

»Mann, Timmi, sei nicht so ein Schisser! Weißt du eigentlich, dass du manchmal ein richtiges Mädchen bist! Mir wird schon nichts passieren. Und wenn doch«, er zuckte mit den Schultern, »was soll's, Detektive leben nun mal gefährlich.«

Tim grübelte kurz, dann sah er seinen Freund genervt an.

»Okay, du hast gewonnen. Ich bin dabei! Einer muss ja auf dich aufpassen.«

Peter riss die Augen weit auf.

»Echt? Cool!«, stieß er hervor und zog sein Handy aus der Hosentasche. Blitzschnell tippte er eine Nachricht an seine Mutter ein.

»Aber schreib bloß nicht, worum es geht. Dein Vater kriegt einen Herzklappenabriss, wenn der erfährt, was wir vorhaben.«

»Natürlich schreib ich das nicht. Hältst du mich für blöd?« Ein letztes Mal tippte er auf eine der Tasten, dann hob er den Daumen. »Abgeschickt! Hoffentlich antwortet sie sofort.« Gebannt starrte er aufs Handy.

»Willst du jetzt etwa die ganze Zeit auf dieses Ding glotzen? Hilf mir lieber unser Spiel hochzuladen. Diese blöden PCs mit ihren noch blöderen Programmen sind echt nicht mein Ding.«
Peter nickte.
»Okay, du hast recht. Wer weiß, wann meine Mutter antwortet. Am besten ich ruf sie einfach an. Dann wissen wir sofort, ob wir ins Baumhaus dürfen. Schließlich müssen wir ja auch noch einiges besorgen.«
»Was denn? Handschellen?«
»Nee, Proviant, du Hörni! Cola, Chips und …« Peters Handy piepte und zeigte eine eingegangene Nachricht an. »Warte«, sagte er und öffnete sie. »Gebongt! Wir dürfen!« Er setzte einen ernsten Blick auf und kniff seine Augen zu schmalen Schlitzen zusammen. »Der Observierungseinsatz kann beginnen.«

Gegen zwanzig Uhr fuhren Peter und Tim mit ihren vollgepackten Rädern zur Parzelle. Zunächst vertrieben sie sich die Zeit mit Fußballspielen und Tischtennis. Als es dämmerte kletterten die beiden ins Baumhaus. Peter holte ein Fernglas aus seinem Rucksack.
»Habe ich vorsichtshalber eingepackt. Wer weiß, wo er sie verbuddelt. Womöglich ganz hinten beim Teich. Dann kann man ohne Fernglas nicht viel erkennen.«
Tim zuckte mit den Schultern und winkte ab.
»Wir können auch mit dem Ding nichts sehen. Ist doch gleich stockdunkel da draußen.«
»Ich übernehme als Erster die Wache«, beschloss Peter und ignorierte den Einwand seines Freundes. Tim nickte kurz und krabbelte in seinen Schafsack. Doch schon kurz darauf spürte er, wie Peter

daran herumzerrte. »Wach auf«, hörte er seinen Freund flüstern. »Es geht los.«

»Der ist echt hier?«, erwiderte Tim erstaunt, pellte sich aus dem Schlafsack und kniete sich neben seinen Freund. Sie beobachteten, wie Dirks aus dem Wagen stieg, das Gartentor öffnete und wieder einstieg. Dann fuhr er rückwärts auf die Parzelle und parkte direkt vor seinem Holzschuppen. Er stieg aus und schaute sich kurz um.

»Er fährt seine Karre sonst immer vorwärts rein. Das ist verdächtig«, flüsterte Peter. »Und hast du das gerade gesehen?«, fuhr er fort und stieß Tim mit dem Ellenbogen in die Seite. »Er hat überprüft, ob die Luft rein ist.« Peter legte das Fernglas weg. »Anscheinend plant er, die Leiche hier vorne zu vergraben. Gut für uns.«

»Hör auf mit dem Scheiß«, raunte Tim. »Du glaubst doch nicht ernsthaft, dass der 'ne Leiche verbuddeln will.« Dirks öffnete den Kofferraum und holte den Spaten heraus. Er stieß ihn in den Boden und begann, ein Loch zu graben. Anschließend ging er zum Wagen zurück.

»Geht los«, flüsterte Peter. »Mist, dass es dunkel ist. Wird nicht viel bringen, mit dem Handy Beweisfotos zu machen.« Nervös knabberte er auf seiner Unterlippe. »Zum Glück sind wir zu zweit. Ist immer besser, wenn zwei Zeugen ihre Aussage machen. Die werden uns bestimmt getrennt voneinander befragen. Das machen die Bullen gerne. Ist fast in jedem Krimi so.«

»Hör endlich auf mit diesem Schwachsinn. Es gibt keine Leiche, also müssen wir auch nicht zur Polizei, um irgendwelche Aussagen zu ma...« Tim stutzte, als Dirks etwas aus dem Kofferraum hob, was aussah, wie ein aufgerollter Teppich. Genau konnte er es jedoch nicht erkennen.

»Wetten, da ist sie drin«, nuschelte Peter.

Tim verzog das Gesicht.

»Boah … ich glaub mir wird schlecht. Hat der da echt 'ne Leiche? Und was machen wir jetzt?«

»Wir gehen zu den Bullen. Was sonst?«

»Wir wollen echt zur Polizei?« Erschrocken riss Tim die Augen auf. »Das können wir nicht machen!«

»Na klar können wir das! Wir erzählen denen vom Telefongespräch und von unseren Beobachtungen«, erklärte Peter, während sie sahen, wie Dirks den Teppich in das Loch warf und anschließend Erde darüber verteilte. »Ich schwöre dir, die Bullen rücken hier mit 'nem Spezial-Einsatzkommando an.«

»Sollten wir es nicht besser erstmal deinen Eltern erzählen?«

»Und dann? Die glauben uns doch kein Wort. Mein Vater würde uns verbieten, zur Polizei zu gehen. Das weiß ich.« Peter schüttelte den Kopf. »Nee, wir ziehen das jetzt durch! Morgen früh geht's zu den Bullen.«

Kurz nach Sonnenaufgang waren Peter und Tim bei der Polizei aufgetaucht und berichteten, was sie beobachtet hatten. Anschließend wurden ihre Eltern informiert und gebeten, die beiden von der Wache abzuholen. Tims Mutter amüsierte sich köstlich über die beiden Möchtegern-Detektive. Auch Peters Mutter nahm es mit Humor. Sein Vater fand das Ganze jedoch alles andere als witzig. Seine Wut nahm sogar noch zu, nachdem er erfahren hatte, dass die Polizei der Sache auf jeden Fall nachgehe, selbst, wenn sich zeigen sollte, dass sich Dirks Frau bester Gesundheit erfreute.

»Bist du von allen guten Geistern verlassen?«, schrie er Peter an, als sie wieder zuhause waren. »Wie kannst du unserem Nachbarn solchen Ärger machen? Die Polizei wird keine Ruhe geben, bis sie wissen, was Dirks im Garten entsorgt hat. Bist du denn total verrückt geworden, ihm die Polizei auf den Hals zu hetzen! Das hat sich schon morgen in der ganzen Siedlung herumgesprochen!« Stefan holte aus und seine flache Hand landete schallend auf Peters Wange.

»Stefan!«, stieß Heike hervor. »Es reicht! Mag sein, die beiden hätten zuerst mit uns reden müssen. Okay, sie haben einen Fehler gemacht. Aber das ist noch lange kein Grund, unseren Jungen zu schlagen.« Sie legte schützend den Arm um Peters Schultern.

»Na, hör mal!« Empört sah er seine Frau an. »Ich sitze im Stadtrat! Ich bin doch nicht irgendwer! Und ausgerechnet mein Sohn hetzt anderen die Polizei auf den Hals. Wie stehe ich denn jetzt da?« Er stemmte seine Hände in die Hüften und presste seine Zähne so fest aufeinander, dass seine Wangenknochen hart hervortraten. Dann wandte er sich wieder Peter zu. »Du hast die nächsten vier Wochenenden Hausarrest!«, erklärte er zornig. Entschlossen marschierte er zum Wohnzimmerschrank, holte einen kleinen Umschlag heraus und hielt ihn seinem Sohn vor die Nase. »Und das hier hat sich auch erledigt, mein Lieber!«, beschloss er und zerriss den Umschlag in Stücke.

»Neiiin!«, schrie Peter. »Neiiin, bitte nicht …«

Der Schrei seines Freundes riss Tim aus seinem Traum und er schreckte hoch. Auch wenn er damals nicht dabei gewesen war, Peter hatte in den vergangenen zwanzig Jahren oft davon erzählt. Von jenem Moment, als sein Vater diesen Umschlag zerrissen hatte. Tim rieb sich mit beiden Händen das Gesicht und atmete schwer durch. Anschließend sah er auf die Uhr.

»Scheiße! Schon sechs!«, stieß er hervor und sprang von der Couch auf.

»Wollte dich gerade wecken«, sagte seine Frau, die ihm gegenüber im Sessel saß. Sie legte ihr Buch beiseite und sah ihren Mann besorgt an. »Das war wohl nichts mit deinem entspannten Nickerchen am Nachmittag. Was für einen Horror hast du geträumt? Du warst total unruhig. Hast ständig vor dich hin gebrabbelt.«

Tim nickte.

»Horror, treffender kann man's nicht ausdrücken. Ich habe von Peters Vater und seiner dämlichen Aktion geträumt.«

»Seiner dämlichen Aktion?« Andrea sah ihn überrascht an. »Sag nicht, du meinst das mit dem zerrissenen Umschlag?«

»Doch, genau das!«

»Aber das ist zwanzig Jahre her, Tim! Wieso träumst du noch davon?«

»Was weiß ich«, erwiderte er. »Ist doch auch egal. Ich spring jetzt unter die Dusche. Dann muss ich los.«

»Warum musst du Peter eigentlich abholen? Ist seine alte Klapperkiste schon wieder in der Werkstatt?«

»Nein, Brigitte braucht den Wagen. Ich glaube, sie muss die Kinder heute Abend irgendwo hinbringen. Darum hat er gefragt, ob ich ihn abhole.« Tim warf Andrea einen Luftkuss zu und eilte ins Bad. Als er wieder herauskam, werkelte seine Frau bereits in der Küche herum.

»Wollen wir essen, bevor sich Peter unseren PC vornimmt oder hinterher?«, fragte Andrea.

»Auf jeden Fall vorher! Wer weiß, wie lange es dauert, bis er den Fehler gefunden hat. Dieses Mal ist es bestimmt richtig verzwickt«, erklärte Tim.

»Nichts für ungut, Liebling«, erwiderte Andrea schmunzelnd, »aber für dich ist das Hochfahren des PCs schon ein verzwickter Vorgang.«

Tim verzog sein Gesicht zu einer Grimasse.

»Sehr witzig!« Er ging in den Flur, holte seine Jacke und kam zurück in die Küche. »Nein, dieses Mal ist es wirklich ernst. Ich hoffe, es ist kein Virus. Da leuchtet so ein komisches Lämpchen, das sonst nie leuchtet. Bin gespannt, wie lange die Reparatur dauert. Wir werden auf jeden Fall vorher essen.« Er sah kurz auf seine Uhr. »Ich denke, so in einer Stunde. Ist das okay für dich?«

Andrea sah ihren Mann überrascht an.

»In einer Stunde? Fährst du über Rom, um Peter abzuholen?«

»Nein, du Scherzkeks. Zu ihm hin komme ich problemlos. Aber zurück muss ich einen Umweg fahren, über die Parkallee! Es gab in unsere Richtung einen Unfall auf der Kieler Straße. Da geht nix mehr. Habe ich gerade im Radio gehört. Aber in einer Stunde kannst du uns hungrige Meute füttern«, erklärte er augenzwinkernd und verschwand.

Als Tim durch die dicht bebaute Großstadt-Siedlung fuhr, in der Peter mit seiner Familie in einer dieser klotzigen Wohnblöcke lebte, fragte er sich, wie man es darin nur aushalten konnte. Auch von außen sah alles irgendwie heruntergekommen aus. Das Mauerwerk bröckelte und war teilweise mit Graffiti beschmiert. Neben den Eingängen standen Mülltonnen, die überquollen. Doch was blieb Peter zurzeit anderes übrig, als hier zu leben? Das Geld reichte hinten und vorne nicht. Seit seinem Motorradunfall konnte er nicht mehr als Dachdecker arbeiten. Und mit einem kaputten Rücken einen Job auf dem Bau zu finden, daran war nicht zu denken. Sobald er erwähnte, dass er körperlich nur eingeschränkt belastbar war, erntete er Kopfschütteln. Mit der Umschulung zum PC-Techniker hatte er zwar sein Hobby zum Beruf gemacht, doch weitergeholfen hatte es ihm bisher auch nicht. Nach wie vor hagelte es Absagen. Wenn es derzeit auch nicht einfach war für ihn, für seine Freunde war er sofort zur Stelle, wenn sie seine Hilfe brauchten. Und obwohl Peter und seine Familie gerade so über die Runden kamen, verlangte er niemals etwas dafür. ›Von Freunden nimmt man kein Geld‹, das war sein Motto.

Tim parkte seinen Wagen auf dem Parkstreifen und stellte den Motor ab. Er wollte gerade aussteigen, da kam sein Freund bereits auf ihn zu.

»Hi, Timmi!«, sagte Peter, nachdem er eingestiegen war. »Ich habe im Hausflur mit einem Nachbarn gequatscht und dich anrollen sehen. Und? Alles im grünen Bereich? Also, mal abgesehen davon, dass du schon wieder deinen PC geschrottet hast.«

»Na klar, alles gut!« Tim reichte seinem Freund die Hand, dann ließ er den Wagen an. »Wenn du jetzt noch meinen Computer rettest, dann ist es perfekt.«

»Kein Problem! Eines meiner leichtesten Übungen. Mach ich mit Links.«

»Ja, das weiß ich, du Angeber! Und was machen deine drei Mädels in der Zwischenzeit? Sind sie sauer, weil ich dich schon wieder in Beschlag nehme?«

»Quatsch! Die Zwillinge sind gar nicht da. Sind auf einem Kindergeburtstag und stopfen sich gerade mit Pommes, Ketchup und Chicken McNuggets voll. Brigitte holt die beiden gleich wieder ab. Habe ich dir doch erzählt. Anschließend will sie noch bei ihrer Mutter vorbeischauen. Die hat schon wieder herumgequakt, dass sie ja gar nicht mehr wüsste, wie ihre Enkeltöchter aussähen.« Peter rollte mit den Augen. »Meckern, meckern, meckern. Frag mich, warum sie die Mädchen nicht von der Feier abholt? Dann hätte sie ihre Enkel gesehen und ich hätte den Wagen haben können.«

»Geht nicht! Deine Schwiegermutter kann die Zwillinge nicht abholen!«

»Wieso nicht?«, fragte Peter überrascht.

»Sie weiß doch gar nicht, wie die beiden aussehen.«

Peter lachte kurz auf.

»Alter, der war gut!« Freundschaftlich boxte er auf Tims Oberarm. »Was gibt's gleich Leckeres zu essen? Ich habe richtig Kohldampf!«

»Essen?« Gespielt entsetzt sah Tim seinen Freund an. »Du sollst meinen PC reparieren, von ›Bauch vollschlagen‹ war keine Rede.« Peter tippte sich mit dem Finger gegen die Stirn.

»Von wegen! Hungrig kann ich nicht denken. Andrea kocht immer für mich. Das weiß ich. Also raus mit der Sprache. Gibt's meine Lieblingskartoffelsuppe?« Tim grinste und nickte kurz. »Na also, wusste ich's doch!«, triumphierte Peter und drehte dabei das Radio an. »Und jetzt noch gute Mucke und das Leben ist perfekt!«

»Na, das freut mich! Auf deine geliebte Kartoffelsuppe musst du allerdings noch ein paar Minuten länger warten. Ich muss einen Umweg fahren. Auf der Kieler Straße hat's geknallt. Ich schätze, die stehen jetzt schon bis zum Autobahnzubringer im Stau.«

»Ah, okay! Kein Problem. Ein paar Minuten werde ich gerade noch überleben«, scherzte Peter und drehte das Radio lauter. »Boaah ... hör mal! Ein Song von den Head Banger. Ist 'ne neue Hard-Rock-Band. Echt genial!« Im Takt der Musik wackelte er mit dem Kopf und klopfte sich mit den flachen Händen auf die Schenkel. Musik ließ Peter seine Probleme sofort vergessen. Es schien, als

47

spülten die Klänge von Schlagzeugen und E-Gitarren sie einfach davon. Tim sah kurz zu seinem Freund hinüber. Ihn so ausgelassen zu sehen, freute ihn. Doch nachdem sie eine Weile gefahren waren, drehte Peter plötzlich die Musik leise.

»Stopp! Halt mal an!«, stieß er hervor.

»Warum?«

»Erkläre ich dir gleich. Halt an!«

Tim warf einen Blick in den Rückspiegel, setzte den Blinker und fuhr rechts ran.

»Was ist los?«

Mit einer kurzen Handbewegung deutete Peter zum Fußballstadion, in dem hin und wieder auch Konzerte stattfanden.

»Weißt du, welche Band da heute spielt?«

Tim zuckte mit den Schultern.

»Nee, keinen Schimmer.«

»Die Toten Hosen«, erwiderte Peter begeistert und strahlte seinen Freund an. »Erinnerst du dich? Ihr Open-Air-Konzert damals! Als Kinder hockten wir stundenlang auf diesen Betonblöcken vorm Stadion. Nur, weil wir hofften, dadurch etwas von ihren Songs mitzukriegen. Diese Jungs waren so cool, und das sind sie heute noch!« Sehnsüchtig betrachtete er das Stadion und gab sich kurz seinen Erinnerungen hin. Dann wandte er sich wieder Tim zu. »Weißt du was, das machen wir jetzt auch! Was hältst du davon?«

»Was machen wir jetzt auch?«

»Uns da hinhocken! Diese Betonblöcke gibt's noch!«

»Du willst dahin gehen?« Mit aufgerissen Augen starrte Tim seinen Freund an. »Jetzt?«

»Na klar, jetzt! Wann sonst? Wir hocken uns noch einmal vors Stadion. Wie damals! Mit etwas Glück hören wir was von der Mucke.«

»Wolltest du nicht meinen PC reparieren?«

»Mach ich auch! Lass uns nur ein paar Minuten dort sitzen. Bitte!« Resignierend schnaufte Tim durch.

»Okay, ein paar Minuten. Aber nicht länger! Andrea wartet mit dem Essen. Ich habe ihr gesagt, sie könnte die Suppe schon anschmeißen. Die killt mich, wenn wir nicht langsam antanzen.« Peter hob den Daumen.

»Versprochen, nur ein paar Minuten – um der alten Zeiten willen!«

Widererwartend fand Tim recht schnell einen Parkplatz nahe des Stadions.

»Wir setzen uns genau dorthin, wo wir als Kinder saßen! Das wird ein Sentimental-Trip vom Feinsten!«, stellte Peter begeistert fest, als sie Richtung Eingang marschierten und direkt auf den besagten Betonblock zusteuerten. »Allerdings werde ich auf den Schneidersitz verzichten müssen. Da spielt mein kaputter Rücken nicht mehr mit.«

»Mach dir nichts draus«, beruhigte ihn Tim und winkte gelassen ab. »So gelenkig wie mit zwölf bin ich auch nicht mehr.« Nachdem die beiden sich schließlich auf dem Betonblock niedergelassen hatten, beobachteten sie die Fans, die sich nach und nach durch den Eingang drängelten.

»Ich befürchte, bis die Band zu spielen beginnt, dauerts noch 'ne ganze Ecke«, stellte Peter enttäuscht fest. »Darauf können wir leider nicht warten. Aber ich find es trotzdem klasse, dass wir zwei hier sind. Ist wie eine Reise in die Vergangenheit.«

Tim betrachtete seinen Freund nachdenklich. Sollte er ihm von seinem Traum erzählen? Oder würde er dadurch alte Wunden aufreißen?

»Ob du es glaubst oder nicht«, sagte Peter plötzlich zu Tim, als könne er seine Gedanken lesen, »ich habe es meinem Vater niemals verziehen. Noch heute sehe ich ihn vor mir, mit dem Umschlag in seiner Hand. Er hielt ihn mir direkt vor die Nase, sah mich wütend an und zerriss ihn vor meinen Augen. Und mit ihm eine Eintrittskarte, die mir damals echt alles bedeutete.«

Tim schluckte schwer.

»Da du gerade davon redest, kann ich es dir ja erzählen. Genau davon habe ich heute geträumt.«

»Wovon?«

»Von deinem Vater. Wie er vor dir stand und es tat.«

»Aber du warst doch gar nicht dabei.«

»Du hast damals ständig davon erzählt. Immer und immer wieder! Irgendwann war es, als sei ich dabei gewesen.«

»Na super«, erwiderte Peter und hob seine Augenbrauen, »und nun sülze ich dich schon wieder damit voll.«

»Du sülzt mich nicht voll. Ich bin dein Freund, schon vergessen? Und wenn du über etwas reden willst, und sei es zum hundertsten Mal, dann redest du und ich hör dir zu.«

Peter verzog das Gesicht zu einem grimassenhaften Lächeln.

»Timmi, manchmal hörst du dich echt wie so ein richtiges Mädchen an«, seufzte er.

Sein Freund lachte laut auf.

»Na und? Ist ja auch nicht alles schlecht, was Mädchen machen und …«

»Dass mir mein Vater eine geknallt hat, verstehe ich ja«, unterbrach Peter ihn und seine Stimme klang plötzlich ungewohnt ernst. »Vielleicht hatte ich es verdient. Aber mich nicht zu dem Konzert zu lassen, auf dass ich mich ein ganzes Jahr gefreut hatte.« Er schüttelte den Kopf. »Wie konnte er das als Vater machen? Ich verstand es damals nicht, und heute, als Erwachsener, verstehe ich es noch weniger. Jetzt bin ich selber Vater und kann mir nicht mal ansatzweise vorstellen, meinen Kindern bewusst so weh zu tun. Oma konnte es auch nicht verstehen und war stinksauer auf ihn. Die ist richtig ausgetickt.«

»Verständlich, oder? Sie schenkt dir die Eintrittskarte zum Geburtstag, und ihr Herr Sohnemann zerreißt die einfach. War ihr gegenüber auch nicht okay. Vor allen Dingen war in dem Umschlag auch ihre Karte. Die ebenfalls zu zerreißen war echt unverschämt!« Hilflos zuckte Peter mit den Schultern.

»Meinem Vater war das völlig egal. Hauptsache er konnte mich bestrafen.« Dann sah er Tim eindringlich an. »Aber wie fast alles im Leben, hatte selbst der Mist seine zwei Seiten.«

»Was für zwei Seiten?«

»Na ja, … du warst auch ein großer Fan von den Toten Hosen und hattest eine Eintrittskarte für das Konzert.«

»Stimmt! Dank deiner obercoolen Oma, die meine Eltern überredete, mir eine zu kaufen. Und das nur, damit ihr armer, kleiner Enkel nicht allein mit ihr zu diesen ›Wilden‹ gehen musste. Welcher Junge taucht auch schon gern mit seiner Oma bei den Toten Hosen auf?«

Peter lachte kurz auf.

»Stimmt! Aber ohne einen Erwachsenen ging's ja nun mal nicht. Dafür waren wir zwei Hosenscheißer noch zu klein. Meine Oma war eine echt coole Socke! Nur damit wir zu diesem Konzert konnten, wollte sie uns begleiten.«

»Ja, das macht nicht jede Omi«, sagte Tim und schmunzelte. »Meine Eltern wären niemals mit uns dorthin gegangen. Für sie war es schon der blanke Horror, mir diese Karte zu kaufen. Sie waren ziemlich entsetzt darüber, dass ich begeistert war, von dieser ›verrückten Musik‹, wie sie sie nannten. Aber egal. Fakt ist, sie kauften mir die Karte! Fand ich cool.«

»Aber du bist nicht zum Konzert gegangen«, sagte Peter. »Stattdessen hast du deine Eltern gebeten, die Karte zu verscheuern und von der Kohle zwei neue Autos für unsere Carrera-Bahn zu kaufen. Und eins von denen hast du mir geschenkt. Aber es geht mir nicht um dieses Auto! Entscheidend ist, du hättest zu diesem Konzert gehen können. Man hätte ganz sicher einen Erwachsenen aufgetrieben, der dich begleitet hätte. Aber weil für mich der Traum ausgeträumt war, hast du mir zuliebe auch darauf verzichtet.«

»Und mir zuliebe! Hätte mir keinen Spaß gebracht ohne meinen besten Kumpel.«

»Quatsch! Nur meinetwegen hast du darauf verzichtet. Das weißt du ganz genau. Was du aber nicht weißt, ist, wie viel mir das bedeutet hat. Und wie viel es mir noch heute bedeutet. Das habe ich dir nämlich nie gesagt.«

Erschrocken sah Tim seinen Freund an.

»Was wird das denn jetzt? Nun werde bloß nicht sentimental, okay?«

»Schaaade«, erwiderte Peter. »Nun wollte ich endlich mal meine gefühlvolle Seite raushängen lassen.«

»Lass stecken! Du bist mir durchgeknallt lieber. So durchgeknallt wie damals, als du deine Baumhaus-Observation gestartet hast, und das nur wegen einer toten Katze.«

»Halloo? Dass der Dirks nur vorhatte, seine blöde Katze zu verbuddeln, konnte ich doch nicht wissen. Aber einem perfiden Mordfall war ich trotzdem auf der Spur.«

»Ja klar, ein echt perfider Mordfall«, prustete Tim lachend heraus. »Dirks hat gewartet, bis seine Frau weg war und hat ihrer Katze dann den Hals umgedreht, weil er das Vieh nicht ausstehen konnte.« Tim lachte weiter und versetzte seinem Freund einen leichten Hieb in die Seite. »Wenn Hollywood davon erfährt, kaufen die die Geschichte.«

»Du bist echt blöd«, murmelte Peter grinsend. »Na gut, wenn dir das zu unspektakulär war, dann hätte ich jetzt einen wirklich aufregenden Vorschlag! Was hältst du davon, wenn wir versuchen, uns irgendwo reinzuschleichen?«

Tim hob fragend die Augenbrauen.

»Wo ... reinschleichen?«

»Na, dort drüben!« Peter deutete mit einer kurzen Kopfbewegung zum Stadion. »Lass uns die Toten Hosen endlich live erleben! Irgendwo wird's bestimmt eine Lücke geben, durch die wir uns zwängen können, oder einen Zaun, über den wir ...«

»Nein, du Spinner«, unterbrach Tim ihn kopfschüttelnd. »Wir werden ganz sicher nicht über irgendwelche Zäune klettern und uns irgendwo reinschleichen. Willst du wieder auf dem Polizeirevier landen, wie damals? Nur das wir dieses Mal nicht freiwillig dort auftauchen, sondern in Handschellen.«

Peter verzog gespielt angewidert das Gesicht.

»Wie kann man nur immer so schrecklich vernünftig sein?«

»Sei froh, dass ich es bin! Sonst wäre das damals nicht dein erster und letzter Besuch bei der Polizei gewesen.«

»Stimmt! Du hast mir ziemlich oft den Arsch gerettet«, gestand Peter. »Du bist der Vernünftige und ich der Chaot! Wir sind ein ziemlich geniales Team, kann das sein?«

Tim nickte.

»Sind wir!« Dann schaute er hinüber zu der Menschenmenge, die sich immer noch durch den schmalen Eingang zwängte.

»Durch die Taschenkontrollen dauert das ewig«, stellte er fest und sah auf die Uhr. »Wir können nicht warten, bis die Band anfängt zu spielen. Auch wenn ich nichts lieber täte. Das weißt du! Aber Andrea hat dein Lieblingsessen gekocht. Wäre nicht fair, wenn wir sie warten ließen.«

»Mmmhh…, dann haben wir jetzt ein echtes Problem«, erwiderte Peter und zog aus seiner Jackentasche einen weißen Umschlag. »Was machen wir damit?«

»Was ist das?«

»Zwei Konzerttickets für ›Die Toten Hosen‹! Wir haben nämlich unbedingt noch etwas nachzuholen.«

»Das ist ein Scherz, oder?« Verblüfft starrte Tim ihn an.

Peter öffnete den Umschlag, holte die Tickets heraus und hielt sie hoch.

»Sieht das aus, als würde ich scherzen?«

»Bist du verrückt geworden, Peter? Weißt du was die Dinger kosten?«

»Natürlich weiß ich das! Hab sie doch gekauft.«

»Wovon? Du hast keine Kohle!«

»Hab meine Trucker-Modelle verscherbelt.«

»Du hast was?«, stieß Tim erschrocken hervor. »Bist du völlig durchgeknallt? An den Dingern hing dein Herz!«

»Ich behaupte ja auch nicht, dass es mir leichtgefallen ist.«

»Warum hast du es dann getan?«

»Aus dem gleichen Grund, weshalb du damals auf das Konzert verzichtet hast. Ist dir auch nicht leichtgefallen, trotzdem hast du es getan! Weil wir Freunde sind!«

Fassungslos schüttelte Tim den Kopf.

»Du bist verrückt ... du bist echt durchgeknallt.«

Peter stand auf.

»Nun los! Sonst fangen Die Toten Hosen noch ohne uns an.«

»Moment! Warte! Wir können doch jetzt nicht einfach so ins Konzert gehen. Was ist mit Andrea? Ich muss sie anrufen und ...«

»Sie weiß es!«

»Wie ... sie weiß es?«

»Deine Frau ist eingeweiht!«

»Wie bitte?« Tims Augenbrauen schnellten hoch. »So ein Blödsinn! Sie hat extra für dich gekocht? Ich hab's doch gesehen!«

»Hat sie nur gemacht, weil sie immer etwas kocht, wenn ich bei euch aufschlage. Hätte sie es dieses Mal nicht getan, hättest du nur angefangen, nervige Fragen zu stellen. Wir kennen doch unseren Timmi! Sie wird das Essen morgen aufwärmen. Dann kommen meine Mädels und ich nämlich zu euch. Sie hat uns eingeladen.«

»Ihr beide habt mich also die ganze Zeit verarscht? Aber, dass deine Frau den Wagen braucht, ist nicht geflunkert, oder?«

»Na logo ist das geflunkert! Ich musste dich doch irgendwie in ein Auto kriegen. Und wie hätte ich das schaffen sollen, wenn ich mit meinem Wagen zu dir gekommen wäre, um deinen vermeintlich kaputten PC zu reparieren? Unter welchem Vorwand hätte ich dich in mein Auto bekommen?«

»Moment mal! Was soll das heißen: meinen ›vermeintlich kaputten‹ PC? Ist der gar nicht kaputt?«

»Natürlich nicht! Aber zum Glück bist du PC-technisch immer noch 'ne Vollniete. Darum habe ich Andrea gebeten, ein paar bestimmte Tastenkombinationen zu drücken, damit er verrücktspielt. Ich war mir sicher, dass du den Fehler ohne mich nicht finden wirst. Lässt sich aber leicht beheben. Mache ich morgen!«

»Du Mistkerl«, erwiderte Tim lachend. »Und so jemanden nenne ich meinen besten Freund.«

»War ziemlich einfach, dich hinters Licht zu führen«, fuhr Peter triumphierend fort. »Es gab nur ein einziges Problem! Ich wusste absolut nicht, wie ich dich dazu bringen sollte, auf dem Weg zu dir in Richtung Stadion zu fahren. Das bereitete mir Kopfzerbrechen. Aber was passierte dann? Es knallte auf der Kieler Straße!« Peter lachte laut auf. »Als du auf dem Weg zu mir warst, rief mich Andrea sofort an. Sie erzählte mir davon, um mich wissen zu lassen, dass ich mir nicht irgendwelchen fadenscheinigen Mist ausdenken musste. Hab mich fast bepinkelt vor Lachen.«

»Freut mich, dass du über mich lachen konntest, du Blödmann«, erwiderte Tim fröhlich.

»Ja, das konnte ich. Aber weißt du, was noch wichtiger ist als übereinander lachen zu können? Viel wichtiger ist, dass wir beide immer miteinander lachen konnten, was auch geschehen war. Ob etwas Triviales, wie zwei zerrissene Eintrittskarten, oder etwas Ernstes, wie ich Idiot, der sich mit dem Motorrad hinlegte und sich dabei den Rücken zerbröselte. Weißt du, Tim, ganz gleich, wie schwerwiegend etwas tatsächlich ist, in dem Moment, wenn es geschieht, stürzt für einen die Welt ein. In dem Moment glaubt man, dass einem nie wieder nach Lachen zumute sein wird. Wenn du dann einen Freund hast, der nicht aufgibt, der positiv denkt, immer fröhlich ist und dich damit förmlich ansteckt, das ist unbezahlbar. Gemeinsam lachen zu können, ist ein Geschenk des Himmels.«

»Na ja, mein Lieber, immer fröhlich war ich nicht! Nach deinem Unfall musste ich dir oft auch ernsthaft und ziemlich ›unfröhlich‹ in den Hintern treten, damit du dich nicht hängenlässt.«

Peter zuckte mit den Schultern.

»War okay! Wie heißt es doch so schön: ›Echte Freunde sagen dir nicht immer nur, was du hören willst, sondern auch mal das, was du hören musst.‹«

Tim schluckte.

»Sehe ich genauso!«, erwiderte er und seine Stimme klang plötzlich sonderbar gerührt.

Warnend hob Peter beide Hände.

»Oookay … bevor ich noch mehr Kalenderblattweisheiten zum Besten gebe und du mir womöglich heulend in die Arme fällst, lass uns endlich reingehen und tun, was richtige Kerle tun.«

»Und das wäre?«

»Geile Mucke hören und gemeinsam abrocken!«

»Einverstanden«, erwiderte Tim. »Und anschließend besorgen wir eine Flasche Sekt und stoßen auf unsere Freundschaft an.«

»Mit Sekt?«, stieß Peter entsetzt hervor und verzog das Gesicht. »Aber okay, wenn du das gerne so möchtest, … du Mädchen!«

Fünf Minuten vor zwölf

Langsam öffnete Dirk Ahlers die Augen. Seine Lider waren schwer wie Blei und sein Kopf fühlte sich an wie in Watte gepackt. Gequält verzog er das Gesicht, während er im stockdunklen Zimmer nach dem Wecker tastete, der neben ihm auf dem Nachttisch stand und unangenehm schrillte. Dirk schaltete ihn ab. Seine Augen brannten, denn wieder hatte er kaum geschlafen. Seit fast einem Jahr ging das so. Was gäbe er darum, einfach liegenbleiben zu können. Doch er durfte es nicht – nicht schon wieder. Er hatte sich etwas vorgenommen. Heute würde er es schaffen, ganz sicher! Schwerfällig richtete Dirk sich auf und setzte sich auf die Bettkante. Er beugte sich vor und vergrub sein Gesicht in seinen Händen. Plötzlich spürte er ihre Berührung auf seinem Arm und hörte ihre Stimme.

»Bleib bei mir«, hauchte sie.

»Nein … so wie jetzt, … das geht nicht mehr«, stöhnte er erschöpft. »Ich kann nicht mehr.« Mit hängenden Schultern saß er da und starrte in die Dunkelheit. Sie schwieg und zog ihn sanft aufs Kissen zurück. Willenlos ließ er es geschehen. »Ich geh kaputt daran«, seufzte er und schloss die Augen. Tränen rollten über seine Schläfen und sickerten ins Haar. »Bitte, lass mich doch einfach gehen.«

»Niemals«, flüsterte sie. »Ich gehöre zu dir – für immer!«

Dirk spürte, wie sie seinen Brustkorb umklammerte, seinen Körper an sich presste. Das Atmen fiel ihm schwer, sein Herz raste, kalter Schweiß legte sich auf seine Stirn. Ihre Nähe wurde unerträglich. Panisch rasten seine Gedanken und suchten nach einem Ausweg, ihr zu entkommen.

»Nein!«, schrie er mit letzter Kraft. »Ich will das nicht mehr!« Dirk stieß sie von sich, sprang auf und eilte ins Bad. Mit zittriger Hand drehte er den Wasserhahn auf und hielt seine gewölbten Hände unter den kalten Strahl. Immer wieder schlug er sich das Wasser ins Gesicht, bis er spürte, dass sein Herzschlag ruhiger wurde. Mit geschlossenen Augen tastete er nach einem Handtuch und vergrub sein Gesicht darin. Allmählich ließ die Panik nach, bis die Angst ihren Platz einnahm – die Angst vor dem Tag, der vor ihm lag. Gequält richtete er sich auf und betrachtete sein bleiches Gesicht im Spiegel. Seine glanzlosen Augen waren umringt von dunklen Schatten. Das Haar schimmerte fettig, Bartstoppel verteilten sich auf Wangen und Kinn. Seit Tagen hatte er sich weder rasiert noch geduscht. Was war aus ihm geworden? Was hatte sie aus ihm gemacht? Nichts war mehr übrig von dem Mann, der er einmal gewesen war. Doch im Grunde war es ihm egal. Der Mann im Spiegel berührte ihn nicht – nicht mehr! Er spürte nichts, bis auf dieses dumpfe Empfinden von Gefühllosigkeit.

»Du bleibst hier, hier bei mir«, hörte er ihre Stimme, leise und doch bestimmend. Die Schwarze, sie war ihm gefolgt und war so unerträglich nah, dass er ihren Atem im Nacken spürte. ›Die Schwarze‹, so nannte Dirk sie, weil sie ausschließlich Schwarz trug. Noch nie hatte er sie bei ihrem wahren Namen genannt. Etwas Geheimnisvolles ging von ihr aus, dem er sich einfach nicht entziehen konnte. Wie aus dem Nichts war sie eines Tages in sein Leben getreten, kam anfangs nur dann und wann, blieb kurz und verschwand wieder. Tom, Dirks bester Freund, war der Schwarzen nie persönlich begegnet. Doch er hatte bereits einiges über sie gehört. ›Du wärst nicht der Erste, den sie zerstört‹, hatte ihn Tom damals gewarnt. Die Schwarze sei wie eine Spinne, die geduldig wartete, bis man sich in ihrem klebrigen Netz verfing. Dann lähmte sie ihre Opfer, bis sie sich willenlos ergaben. Dirk hatte diese Dramatik für maßlos übertrieben gehalten. Schließlich war er ein erwachsener Mann, Mitte vierzig, beruflich erfolgreich. Auch wenn er gerade eine schmerzhafte Scheidung durchgemacht hatte, so stand er dennoch mit beiden Beinen im Leben. Er fühlte sich durchaus in der Lage, auf sich aufzupassen. Zumindest hatte er das geglaubt …

Mit tiefster Abscheu starrte er auf das Spiegelbild der Schwarzen.

»Warum habe ich dich in mein Leben gelassen? Warum?«, stieß Dirk verzweifelt hervor. »Wie konntest du mich so runterziehen?«, schrie er sie an. Tränen rannen über seine Wangen. »Wie konnte ich das zulassen?« Er rang nach Luft. »Doch heute, heute werde ich stärker sein als du! Ich habe Tom mein Versprechen gegeben. Ich werde es halten! Heute werde ich es schaffen!«

Die Schwarze lachte laut auf, dann sah sie ihn herablassend an.

»Du wirst es nicht schaffen – weder heute noch sonst irgendwann.«

»Doch, das werde ich!« Dirk schluckte schwer. »Und morgen erzähl ich meiner Familie von dir. Ich kann die Fassade nicht länger aufrechterhalten. Ich will sie nicht länger belügen, ihnen vormachen, alles sei gut. Seit du in meinem Leben aufgetaucht bist, ist gar nichts mehr gut.«

»Tu es!«, erwiderte sie grinsend. »Geh nur zu deiner Familie. Aber sie werden über dich lachen, dich für einen Schwächling halten, weil du dich mit mir eingelassen hast. Willst du das wirklich? Sie werden sich von dir zurückziehen. Alle! Und weißt du warum? Weil sie nicht wissen, wie sie mit mir umgehen sollen. Was die Menschen nicht kennen, was ihnen fremd ist, macht ihnen Angst. Ich mache ihnen Angst! Du hast nur noch mich! Wann begreifst du das? Ich gehöre zu dir und …«

»Sei still!«, schrie er und legte schützend beide Hände über seine Ohren. »Meine Familie wird es verstehen! Sie lieben mich, ihre Liebe wird mir helfen, wieder …«

»Einen Dreck wird dir ihre Liebe nützen«, herrschte die Schwarze ihn an. »Was uns miteinander verbindet, ist stärker als ihre Liebe!« Dirk schüttelte verzweifelt den Kopf. Tränen brannten in seinen Augen. Ohne ein weiteres Wort verließ er das Bad und lief ins Schlafzimmer.

»Ich halte mein Versprechen. Ich werde zu ihm gehen. Ich werde es schaffen«, murmelte er immer und immer wieder, während er hastig ein paar Klamotten zusammensuchte und sich anzog. Anschließend griff er nach seinem Autoschlüssel und rannte aus der Wohnung. Die Schwarze blieb zurück und lächelte siegessicher; sie wusste es besser …

Dirk bog in die kleine Seitenstraße ein und nahm die erste Parklücke, die sich ihm bot. Ohne zu zögern stieg er aus. Nicht nachdenken, keine Sekunde – einfach gehen. Einen Schritt nach dem anderen. Nicht stehenbleiben. Nervös sah er auf die Uhr. Kurz vor acht! Es waren nur noch wenige Meter. Er war pünktlich, alles war gut. Er lief, wurde schneller und schneller. Doch je näher er dem Haus kam, um so schmerzvoller zog sich sein Magen zusammen. Seine Hände begannen zu schwitzen, das Atmen fiel ihm schwer. Seine Schritte verlangsamten sich, bis er plötzlich stehenblieb. Nein, er konnte das nicht. Nicht heute! Nächstes Mal würde er es schaffen, ganz sicher. Nur nicht heute! Mutlos drehte Dirk sich um, schleppte sich zum Wagen zurück, stieg ein und ließ sich in den

Sitz sinken. Regungslos saß er da und starrte vor sich hin. Plötzlich fiel ihm Tom ein. Sein Freund erwartete in einer Stunde seinen Anruf. Was sollte Dirk ihm sagen? Dass er es schon wieder nicht geschafft hatte? Er hatte Tom doch sein Wort gegeben. Mal wieder! Wie lange würde es wohl dauern, bis sich auch sein bester Freund von ihm abwendete? So, wie seine anderen Freunde es bereits getan hatten, weil sie das mit ihm und der Schwarzen nicht verstanden. Wie auch? Im Grunde verstand er es doch selber nicht. Nun gab es nur noch die Familie und Tom, die zu ihm hielten. Doch schon wieder würde er alle enttäuschen. Vielleicht hatte die Schwarze recht – er war ein Schwächling, ein Versager. Seine Gedanken schnürten ihm die Kehle zu. Enttäuscht über sich selbst nahm er sein Handy und schaltete es aus. Er konnte jetzt mit niemandem reden. Nicht jetzt. Dirk ließ den Wagen an und fuhr zurück nach Hause.

Stufe für Stufe schleppte er sich zu seiner Wohnung hinauf. Er schloss die Tür hinter sich und stellte die Klingel ab. Mit hängenden Schultern schlurfte er in die Küche, holte sich eine Flasche Wasser aus dem Kühlschrank und nahm sie mit ins stockdunkle Schlafzimmer. Schon seit Monaten hatte Dirk die Jalousien nicht mehr geöffnet. Dieses Zimmer war sein Rückzugsort, wenn das Leben an ihm zerrte. Hier, in der erlösenden Dunkelheit, verlangte niemand etwas von ihm. Nicht mal er von sich selbst. Hier konnte er sich vor aller Welt verkriechen. Und jetzt, jetzt wollte er schlafen, einfach nur schlafen, an nichts mehr denken müssen. Dirk setzte sich auf die Bettkante, schlüpfte aus seinen Schuhen und tastete nach der Packung mit den Schlaftabletten, die stets griffbereit auf dem Nachttisch lagen. Er drückte drei heraus, schluckte sie mit etwas Wasser hinunter und ließ sich zurück aufs Bett fallen. Nach und nach verschwanden seine Gedanken wie im Nebel, Dirk schloss seine Augen und schlief ein.

»Du hast es nicht geschafft, hab ich recht?«, hörte er plötzlich die Schwarze triumphierend fragen und schreckte auf. Er spürte, wie sie sich neben ihn legte. Spürte ihren Atem auf seiner Wange. »Wieder hast du deinen Freund enttäuscht, so, wie du immer alle enttäuschst«, flüsterte sie ihm ins Ohr. Ihre Fingernägel bohrten sich schmerzhaft in seinen Brustkorb. Dirk schluckte schwer. Was sollte er sagen? Wie oft sollte er noch beteuern, dass er stärker sei als sie? Er war es nicht! Dirk sah auf das beleuchtete Display seiner Armbanduhr. Nur noch knapp eine Stunde bis Mitternacht. Ein neuer, kräftezerrender Tag würde bald anbrechen, und so würde es immer weitergehen. Er kam nicht von der Schwarzen los, wenn er es sich auch noch so sehr wünschte. Als er ihr spöttisches Lachen hörte, stand er wortlos auf. Er musste weg, weg von ihr – und er wusste auch, wohin …

Dirk stieg in seinen Wagen und fuhr durch die dunkle, scheinbar menschenleere Stadt. Endlich irrte er nicht ziellos durch die Nacht wie sonst. Nein, dieses Mal hatte er ein Ziel. Und das fühlte sich verdammt gut an. So, als hätte er plötzlich die Kontrolle über sein Leben zurück. Er fuhr zu einem nahgelegenen Parkhaus, stellte seinen Wagen auf dem obersten Parkdeck ab und stieg aus. Ohne zu zögern lief er zum Geländer und kletterte drüber. Die Knöchel seiner Hände traten weiß hervor beim Umklammern des Geländers. Dirk beugte sich vor und schaute hinunter. Die Straßen wirkten im matten Neonlicht der Laternen gespenstisch. Jetzt musste er nur noch seine Hände öffnen – nur noch loslassen, und er würde die Ruhe finden, nach der er sich so verzweifelt sehnte. Die qualvollen Tage und Nächte hätten ein Ende. Allein der Gedanke daran erfüllte ihn mit Wärme. Plötzlich empfand er Leichtigkeit. Ein Gefühl, das er seit fast einem Jahr nicht mehr empfunden hatte. Entspannt atmete Dirk ein und aus, während sein Blick über die schlafende Stadt wanderte und an der großen, beleuchteten Bahnhofsuhr endete. Fünf Minuten vor zwölf! Lächelnd schloss Dirk seine Augen, seine Hände öffneten sich, er ließ los ...

»Dirk!«, hörte er eine Männerstimme schreien. »Wach auf, verdammt noch mal!« Er spürte, wie zwei Hände ihn packten, an seinen Armen rissen, seinen Oberkörper schüttelten. »Wach auf!« Dirk öffnete langsam die Augen, blinzelte in das grelle Licht einer Deckenlampe und schließlich in die weit aufgerissenen Augen seines Freundes. Wie hypnotisiert starrte er Tom an.

»Was ... was machst du hier ... mitten in der Nacht?«, stammelte Dirk benommen. »Ich war doch ... ich ... ich bin doch ...«

»Mitten in der Nacht? Raffst du jetzt gar nichts mehr? Es ist Vormittag! Verdammt, Alter!«, schimpfte Tom, ließ ihn los und fuchtelte mit einer leeren Tablettenschachtel vor seinem Gesicht herum. »Wie viele von diesen Dingern hast du geschluckt? Sag's mir!«, befahl Tom wütend. Dirk schwieg. »Okay, wenn du es nicht anders willst! Ich ruf den Notarzt!«

»Nein!«, stieß Dirk hervor und packte seinen Freund am Arm. »Ich habe nur drei geschluckt! Wirklich! Waren die letzten aus der Packung ... ehrlich! Dann bin ich eingeschlafen. Darum hab ich dein Klingeln nicht gehört. Mach kein Drama draus!«

»Mein Klingeln? Willst du mich verarschen? Ich würde jetzt noch vor der Haustür stehen, wenn ich darauf gewartet hätte, bis du auf mein Klingeln reagierst, du Spinner. Du hast schon wieder alles abgestellt – die Klingel und auch dein verdammtes Handy! Wenn dein Zweitschlüssel nicht noch in meinem Handschuhfach herumgelegen hätte, dann würde ich jetzt nicht hier stehen. Du hattest ihn mir irgendwann mal gegeben, falls du dich mal aussperren solltest.« Dirk runzelte die Stirn, als verstünde er kein Wort.

»Mann Alter«, fuhr Tom fort, »tausendmal hab ich versucht, dich zu erreichen. Du wolltest dich melden und mir erzählen, wie's beim Psychologen gelaufen ist.« Fragend sah er Dirk an, der nur schweigend vor sich hinstarrte. »Du warst gar nicht bei ihm, hab ich recht?« Dirk schüttelte den Kopf, setzte sich auf und nahm einen Schluck aus der Wasserflasche. »Und jetzt?«, fragte Tom.
Mit dem Hemdsärmel wischte sich Dirk über den feuchten Mund. Dann stellte er die Flasche auf dem Nachttisch ab.

»Was, und jetzt?«

»Na, wie soll's jetzt weitergehen? Wird schwierig, kurzfristig einen neuen Termin zu bekommen. Die Praxen von diesen Psychologen platzen aus allen Nähten«, antwortete Tom, während er sich im Zimmer umsah. Sein Blick wanderte über schmutzige Teller, auf denen Essensreste klebten, über leere Wasserflaschen, schmutzige Klamotten und unzählige leere Tablettenpackungen. Fassungslos schüttelte er den Kopf. »Alter, so kann man doch nicht leben«, murmelte er. »Was ist aus meinem Freund, dem Sauberkeitsfanatiker, geworden?« Emotionslos zuckte Dirk mit den Schultern. Tom atmete schwer durch, ging ums Bett herum und zog die Jalousien hoch. »Sorry, aber hier mieft's wie im Pumakäfig«, schimpfte er und öffnete das Fenster. »Spielt sich dein ganzes Leben nur noch in diesem Zimmer ab?«, fragte Tom und sah zu seinem Freund rüber. Erst jetzt fiel ihm auf, dass Dirk, bis auf die Schuhe, komplett angezogen war. Tom ging zu ihm und setzte sich auf die Bettkante.

»Ziehst du dich nicht mal mehr aus, bevor du in die Kiste steigst?«
Dirk ignorierte die Frage und drückte eine Tablette aus einer der
Schachteln, die auf seinem Nachttisch lagen. »Stopp!«, rief Tom und
riss ihm die Packung aus der Hand. »Was für ein Dreck ist das
jetzt?«

»Zum Wachwerden! Sonst kriege ich gar nichts geregelt.«

»Alter, du kriegst schon lange nichts mehr geregelt – mit oder ohne diese Scheißdinger. Die einzuwerfen, ist keine Lösung!«

»Stimmt, es gibt nur eine Lösung«, erwiderte Dirk monoton.
Toms Augenbrauen schnellten nach oben.

»Und die wäre?«

Hilflos zuckte Dirk mit den Schultern.

»Okay, wenn du's wirklich wissen willst ... ich weiß nicht mehr
weiter ... eigentlich will ich nicht sterben ... echt nicht, ... aber ich
weiß einfach nicht mehr, wie ich leben soll – wie ich dieses beschissene, verkackte Leben auf die Reihe kriegen soll.«

»Alter, du ... du redest nicht gerade davon, dir das Licht auskni-
sen zu wollen, oder?«

Dirk lächelte versonnen.

»Ich hab davon geträumt. Es fühlte sich gut an. Alles war plötzlich
so leicht und ...«

»Sag mal, geht's noch?«, fuhr Tom ihn an. Wie erstarrt betrachtete
er seinen besten Freund. Wo war der Dirk, mit dem er seit zwanzig
Jahren befreundet war? Dieser lebenslustige Kerl, der das Leben
liebte und es aus vollen Zügen genoss? Wer war dieses Häufchen
Elend, das zusammengesunken vor ihm saß und lächelnd vom Sterben sprach? »Jetzt reicht's!«, stieß er schließlich hervor. Kurzent-
schlossen stand er auf. »Raus aus dem Bett! Sofort! Ich bring dich
ins Krankenhaus.«

»Niemals! Ich geh nicht in eine Klapse.«

»Pass auf! Du hörst mir jetzt ganz genau zu«, befahl Tom und sah ihn eindringlich an. »Es gibt Menschen, die dich lieben. Es gibt Menschen, denen du alles bedeutest – deinen Eltern, deinem Bruder, und mir sowieso. Und ganz sicher habe ich nicht die Absicht, gemeinsam mit ihnen an deinem verfluchten Grab zu stehen. Verstanden?« Wütend sah er ihn an. »Was soll ich ihnen sagen? ›Ach übrigens, der Dirk hatte angedeutet, sich das Licht ausknipsen zu wollen. Da bin ich dann mal lieber gegangen und hab ihn machen lassen‹? Mag ja sein, dass dir gerade alles egal ist. Dass dir deine Familie am Arsch vorbeigeht, dass ich dir am Arsch vorbeigehe, überhaupt, dass dir dein ganzes Leben am Arsch vorbeigeht! Aber das interessiert mich gerade herzlich wenig. Verstanden? Entweder du lässt dich von mir jetzt in eine Klinik bringen, oder ich rufe den Notarzt und lass dich abholen. Du hast die Wahl!«

Dirk schluckte. Er kannte seinen Freund gut genug, um zu wissen, dass er es ernst meinte. Notfalls würde Tom ihm einen Kinnhaken verpassen und ihn auf seinen Schultern in die Klinik schleppen.

»Scheißkerl«, murmelte er und stand widerwillig auf.

»Mein Freund spielt mit dem Gedanken, sich umzubringen«, erklärte er der Dame am Empfang der Klinik, während Dirk teilnahmslos danebenstand, als ginge ihn all das nichts an. Die junge Frau warf einen besorgten Blick auf Dirk, dann nickte sie Tom kurz zu und erklärte ihm den Weg zur Notfallambulanz. Als sie dort eintrafen, erwartete sie bereits eine Schwester. Sie unterhielt sich kurz mit Tom, dann bat sie die beiden, im Warteraum Platz zu nehmen.

»Ich hab eine Scheißangst«, seufzte Dirk, nachdem sie einige Minuten stumm nebeneinander gesessen hatten. »Ich hab's doch versucht, ich hab's wirklich versucht. Hört das denn nie auf?«

Mitfühlend sah Tom seinen Freund an.

»Was hast du versucht?«

»Mich von ihr zu befreien. Wirklich, ich hab's versucht. Aber die Schwarze ließ mich nicht los. Sie war immer wieder da … immer wieder, egal, was ich tat, egal, wie schnell ich vor ihr davonlief.«

Tom nickte verständnisvoll.

»Ist echt schwer. Ich versteh das. Aber Alter«, freundschaftlich boxte er seinem Freund auf den Oberarm, »solange ich dich kenne, bist du noch nie vor irgendetwas oder vor irgendjemanden davongelaufen. Immer hast du dich allen Herausforderungen gestellt. Mach das auch dieses Mal! Du wirst sehen, dass …«

»Herr Ahlers bitte!«, hörten sie plötzlich die Stimme der Schwester, die im selben Moment auch schon neben ihnen stand. Dirk warf Tom einen kurzen, hilflosen Blick zu, dann stand er auf und folgte ihr in eines der Zimmer. Eine halbe Stunde später wurde Tom dazu gebeten. Als er das Sprechzimmer betrat, stand die Ärztin auf, stellte sich kurz vor und bot ihm mit einer kurzen Handbewegung einen Platz neben Dirk an.

»Herr Ahlers hat mich gebeten, Sie hinzuzuholen«, begann sie, während sie sich wieder setzte. »Herr Ahlers erzählte, Sie hätten ihn gegen seinen Willen in die Klinik gebracht, weil sie befürchteten, er könne sich etwas antun. Sie haben …«

»Natürlich gegen seinen Willen! Was hätte ich denn sonst tun sollen?«, protestierte Tom energisch.

»Bitte, lassen Sie mich aussprechen«, beschwichtigend hob sie beide Hände, »ich habe nicht vor, Ihnen einen Vorwurf zu machen. Im

Gegenteil! Ich möchte Ihnen sagen, dass Sie alles richtiggemacht haben. Auf meine Frage an Herrn Ahlers, ob er Suizidgedanken hege, hat er bestätigt, dass er ernsthaft darüber nachgedacht hat, seinem Leben ein Ende zu setzen.«

»Sag ich doch«, raunte Tom und sah die Ärztin verlegen an. »Tschuldigung. Ich wollte Sie nicht so anfahren.« Dann wandte er sich Dirk zu, der zusammengesunken neben ihm saß und auf seine Hände starrte, die gefaltet in seinem Schoß lagen. »Jetzt wird alles gut«, versprach Tom.

»Da Herr Ahlers eine Gefahr für sich selber darstellt, sind wir verpflichtet, ihn hierzubehalten«, fuhr die Ärztin fort. »Ich habe mit Ihrem Freund bereits alles besprochen.«

»Kannst du in meine Wohnung fahren und mir ein paar Klamotten zusammenpacken?«, fragte Dirk monoton, ohne den Blick zu heben. »Und könntest du meinen Eltern Bescheid geben? Mein Chef braucht noch nichts von all dem zu erfahren. Bin sowieso noch krankgeschrieben.«

»Na klar, kein Thema! Ich fahre sofort los und kümmere mich um alles.«

»Wunderbar«, sagte die Ärztin. »Dann wäre das ja geklärt. Eine Schwester wird Sie gleich auf Ihr Zimmer bringen, Herr Ahlers. Ruhen Sie sich erstmal ein wenig aus. Später werden noch einige Untersuchungen durchgeführt, genauso wie eine Blutentnahme.« Dirk nickte leicht. Die Ärztin stand auf und reichte Tom die Hand. »Machen Sie sich keine Gedanken, Herr Ahlers ist bei uns in besten Händen«, beruhigte sie ihn und verließ das Zimmer.

Tom sah seinen Freund von der Seite an.

»Ich bleib noch, bis die Schwester kommt. Anschließend hol ich deine Klamotten.« Dirk schwieg. »Alles okay?«, fragte Tom und beugte sich etwas zu ihm rüber.

»Ob alles okay ist?«, stieß Dirk plötzlich hervor und sah seinen Freund verbittert an. »Soll das ein Witz sein? Mein bester Kumpel steckt mich in ein Irrenhaus.« Seine Wangenknochen traten hervor und zitterten vor Wut. »Das verzeih ich dir nie«, schwor er.

»Wow!« Tom riss seine Augen weit auf. »Da ist ja doch noch Leben in dir! Das beruhigt mich. Dass du mir nie verzeihen wirst, damit kann ich leben. Du hättest genauso gehandelt. Also halt den Ball flach. Für mich zählt nur, dass dir geholfen wird. Wenn du wieder zu dem lebenshungrigen Dirk geworden bist, der du einmal warst, dann darfst du mir gerne eine reinhauen.«

»Bekomm ich das schriftlich?«, zischte Dirk zwischen zusammengebissenen Zähnen.

Tom grinste.

»Na klar, kein Problem.«

Nachdem Dirk von einer Schwester zu seinem Zimmer geführt worden war, saß er eine Weile einfach nur da. Er fühlte sich leer und zugleich voller Angst. Was würde nun mit ihm geschehen? Kam er hier jemals wieder raus? Nein! Dies war das Ende. Ganz sicher. Er starrte auf die grauen Vorhänge. Sie waren zugezogen. Warum? Weil für Menschen wie ihn, die Welt da draußen eh nicht mehr existierte? Ihm war klar, Tom meinte es gut. Er sorgte sich. Deswegen hatte sein Freund ihn hierhergebracht. Doch was sollte all das bringen? Dirk schluckte schwer, stand auf und schlurfte ins Bad. Er öffnete den Wasserhahn, ließ den kalten Strahl über seine Hände laufen und schloss die Augen.

»Ich bin ein Teil von dir«, hörte er plötzlich hinter sich die Stimme der Schwarzen, »egal, wo du hingehst. Du wirst mich nicht los.« Erschrocken riss Dirk seine Augen auf und starrte in den Spiegel. Wieder spürte er ihren kalten Atem im Nacken.

»Bitte, lass mich doch endlich in Ruhe«, flehte er. »Bitte!«

»Nein, das werde ich nicht! Du hast doch nur mich. Niemand sonst ist noch für dich da. Was glaubst du, weshalb dein Freund dich hierhergebracht hat? Weil er dich liebt?« Sie schüttelte den Kopf. »Nein, er hat es getan, weil er dich nicht mehr erträgt.« Ihre schwarzen Lippen kamen näher. »Weil du eine Last bist – für alle«, flüsterte sie ihm ins Ohr.

»Nein, das ist nicht wahr! Du lügst!«, erwiderte Dirk verzweifelt. »Meine Familie liebt mich! Und Tom … Tom will mir nur helfen. Darum hat er mich hierhergebracht.«

Spöttisch lachte die Schwarze auf.

»Er will dir helfen? … Dir? … Einem Versager?«

Dirk schluckte. ›Vielleicht hat sie recht‹, dachte er. ›Vielleicht wollen Sie mich wirklich nur loswerden, weil sie mich nicht mehr ertragen. Vielleicht sollte ich sofort gehen und …‹ »Nein! Stopp!«, schrie er auf, als ihm klar wurde, dass die Schwarze sich wieder in seine Gedanken fraß – wie ein ausgehungertes, wildes Tier. »Nein!«, schrie er erneut und drehte sich zu ihr um. »Sei still!«, stieß er schroff hervor und sah ihr zum ersten Mal ins Gesicht. »Ich werde nicht mehr vor dir davonlaufen! Ich werde dich bekämpfen! Und ich weiß, dass Tom und meine Familie hinter mir stehen! Tom brachte mich hierher, um mir zu helfen. Und ich werde diese Hilfe annehmen, so lange, bis es dich nicht mehr gibt. Für mich bist du ab jetzt nicht mehr ›Die Schwarze‹! Und weißt du, warum nicht? Weil ›Schwarz‹ nicht nur für Trauer und Finsternis steht. Nein, Schwarz ist auch ein

Symbol für Würde und Eleganz! Und davon hast du Miststück rein gar nichts. Du bist, was du bist – eine beschissene Depression. Nicht mehr und nicht weniger!« Dirk schluckte und schloss die Augen. Kalter Schweiß lag auf seiner Stirn und seine Hände zitterten vor Erregung. Depression – zum ersten Mal hatte er sie bei ihrem wahren Namen genannt. Wie von einem Druck befreit atmete er durch. Als er seine Augen wieder öffnete, war sie fort. Doch er machte sich nichts vor. Sie lauerte … irgendwo. Sie würde zurückkommen … ganz sicher!

Dirk verließ das Bad und setzte sich auf sein Bett. Eine ganze Weile saß er einfach nur da. Dann sah er wieder zum Fenster. Diese zugezogenen Vorhänge, er wollte das nicht mehr, verdammt! Er wollte die Sonne sehen, sich nicht mehr vor der Welt da draußen verstecken. Entschlossen stand er auf und schob die Vorhänge beiseite. Er hob den Blick und sah in den Himmel. Dirk beobachtete, wie sich die Mittagssonne hinter einer Wolke hervorkämpfte. Einige ihrer Strahlen berührten die Dächer der Stadt und auch den Kirchturm, mit seiner alten großen Uhr. ›Fünf Minuten vor zwölf‹, zeigte sie an. Wenn das kein Zeichen war! Er erinnerte sich an seinen Traum. Ein kalter Schauer jagte über seinen Rücken. Wie konnte er nur davon träumen, seinem Leben ein Ende setzen zu wollen? Und wie konnte es sich nur so gut anfühlen? Er wollte doch gar nicht sterben. Nicht wirklich. Dennoch hätte er seinen Traum irgendwann wahrgemacht. Es war nur noch eine Frage der Zeit gewesen. Doch sein Freund war im richtigen Moment da, wie er es immer war. Dirk atmete erleichtert durch. Nein, verdammt, dies war nicht das Ende, es war ein Anfang! Auch wenn noch ein langer, mühevoller Weg vor ihm lag. Am Ziel wartete es auf ihn, das Leben, mit all den bunten Farben, die er im Moment einfach nicht sah, nicht sehen konnte. Doch er spürte wieder, dass es sie gab – auch für ihn.

So einfach ist das

Verschlafen öffnete Emma ihre Augen. Im Halbdunkel tastete sie nach ihrem Teddy, nahm ihn in den Arm und krabbelte aus dem Bett. In ihrem fast bodenlangen und ärmellosen weißen Nachthemd tapste sie zum Fenster. Sie steckte ihren blonden Lockenkopf zwischen die Lücke der zugezogenen Vorhänge und blinzelte in die Sonne, die gerade aufgegangen war. Dann schaute sie die Straße entlang. Niemand war zu sehen, nur der Zeitungsjunge, der sein klappriges Fahrrad auf dem Gehweg entlangschob. Hier und da stellte er es ab, schlurfte zu einem der Briefkästen und steckte eine Zeitung hinein.

»Heute müssen wir nicht in den Kindergarten! Heute besuchen wir Li-Ming und bringen ihr unsere Geschenke. Ich freue mich schon so«, sagte sie zu Ben, ihrem Teddy, den sie immer noch fest im Arm hielt. Er war aus beiger Wolle gestrickt und gerade mal zwanzig Zentimeter groß. Auf seinem rechten Bein befand sich ein kleines gesticktes Herz, in dunkelrot, wie der gestrickte Pulli, den er trug. Ben war nicht irgendein Teddy – er war Emmas bester Freund! »Du freust dich doch auch, oder?«, fragte sie ihn. Vorsichtig neigte sie seinen Kopf vor und zurück. Es sah aus, als würde Teddy nicken. Und mit verstellter Stimme antwortete Emma für ihn: »Ja, ich freu mich ganz doll!« Dann lief sie zu ihrem Schrank, kniete sich davor und öffnete die unterste Schublade. Aufgeregt suchte sie zwischen ihren Socken nach der Schokolade, die sie vor ihrem Bruder versteckt hatte. Ihre Mama hatte sie in buntes Geschenkpapier verpackt und eine weiße Schleife darumgebunden. Emma hatte auch ein Bild für Li-Ming gemalt und es dort sicher verwahrt. Nachdem sie beide Geschenke hervorgekramt hatte, betrachtete sie sie nachdenklich. »Schokolade und ein Bild, das ist viel zu wenig«, murmelte sie traurig. »Li-Ming ist doch meine Freundin. Was könnten wir ihr denn noch schenken?«, fragte sie Ben und antwortete mit piepsiger Stimme: »Deine Mama schenkt ihrer Freundin immer Blümchen.«

»Stimmt!«, rief Emma aus und freute sich darüber, dass Ben meistens Rat wusste! So war das eben, mit den besten Freunden! Sie waren da, wenn man ihre Hilfe brauchte. »Das ist eine sehr gute Idee von dir!«, lobte sie Ben und gab ihm ein Küsschen auf seine schwarze Nase. »Mamas Freundin freut sich immer ein Loch in den Bauch, wenn sie Blumen bekommt.« Plötzlich riss Emma begeistert ihre Augen ganz weit auf und strahlte Ben an. »Und wir können das dann auch so machen, wie Birgit das gesagt hat! Das mit dieser Farbe, weißt du? Da wird Li-Ming aber gucken!« Entschlossen stand sie auf, ging zu ihrem Bett zurück und legte ihren Teddy aufs Kissen. »Ich gehe jetzt in den Garten und hole die Blumen. Du musst hierbleiben! Ich bin gleich zurück«, erklärte Emma und deckte ihn liebevoll zu. »Und sei schön leise, Mama und Papa schlafen noch.« Flink schlüpfte sie in ihre Hausschuhe und schlich in den Flur. Dort schnappte sie sich Mamas Weidenkorb, der neben der Garderobe stand, und marschierte damit ins Wohnzimmer. Sie musste über die Terrasse in den Garten. Papa hatte die Haustür ganz sicher abgeschlossen und der blöde Schlüssel ließ sich nur schwer drehen. Nun stand sie jedoch vor dem Problem mit den schweren Rollläden, die noch überall heruntergezogen waren. Emma mochte diese Dinger überhaupt nicht. Darum hatte ihr die Mama fürs Kinderzimmer dunkelblaue Vorhänge genäht, auf dem ganz vielen Sterne waren. Doch nun stand Emma vor diesem blöden Rollladen. Mit beiden Händen zerrte sie an dem Zugband. Und tatsächlich, es tat sich was. Ein kleines Stück bewegte sich das schwere Ding vom Boden hoch. Nicht viel, aber es reichte. Emma öffnete die Terrassentür, krabbelte unter dem Rollladen durch und lief in den Garten. Amseln hüpften über den Rasen und flogen schimpfend davon, als sie näherkam. Nur die Meisen ließen sich nicht stören und blieben zwitschernd in den Bäumen sitzen. Irgendwo, in einem der benachbarten Gärten, begrüßte ein Kuckuck gemeinsam mit ihnen den neuen Tag. Als Emma auf das noch feuchte Gras trat und die Halme ihre Knöchel streiften, erschrak sie und verzog das Gesicht. Ihre Filzpantoffel waren nicht wirklich für die morgendliche Expedition geeignet. Doch das war leider nicht ihr einziges Problem! Nun musste sie auch noch an einem Rhododendronbusch vorbei, in dem eine dicke hellbraune Spinne hing. Wenn ihr Netz auch aussah wie wunderschöne, miteinander verbundene, Glasperlen-Kettchen, war Emma die Spinne doch eindeutig zu dick. Aber es nützte nichts. Sie musste daran vorbei, wenn sie zu dem Blumenbeet wollte, in dem Mamas rote Tulpen standen. Zwar gab es überall Blumen im Garten, doch die gelben, orangen und violetten nützten ihr nichts. Rote mussten es sein! Also nahm sie all ihren Mut zusammen und schlich tapfer an der Spinne vorbei. Endlich im Beet angekommen, pflückte sie eine Tulpe nach der anderen und legte sie vorsichtig in den Korb. Mittlerweile waren nicht nur ihre Filzpantoffel durchnässt, auch der Saum ihres Nachthemds klebte feucht an ihren Beinen. Gänsehaut überzog ihre nackten Arme und Emma schüttelte sich. Nachdem auch die letzte Tulpe gepflückt war, lief sie zurück ins Haus. Sie stellte den Korb ab, schloss so leise wie möglich die Terrassentür und schlüpfte sofort aus ihren nassen Pantoffeln.

»Gleich bekommt ihr was zu trinken, liebe Blumen. Ich muss nur eben eine Vase holen«, flüsterte sie. Doch als sie schließlich in der

Abstellkammer vor dem Regal stand, fiel es ihr wieder ein. Mama bewahrte die Vasen im obersten Fach in einer Kunststoffbox auf. Selbst, wenn sie sich einen Stuhl nahm, bekam sie niemals die schwere Box vom Regal herunter. Was nun? Mama und Papa durfte sie noch nicht wecken. An Wochenenden wollten sie ausschlafen. So war es abgemacht. Und ihr Bruder war nicht zuhause, weil er bei einem Kumpel übernachtet hatte. Enttäuscht stand sie da und überlegte fieberhaft. Plötzlich lächelte Emma verschmitzt. Sie rannte ins Kinderzimmer, kniete sich vor ihre Spielzeugkiste und durchwühlte sie. Wo war bloß dieser verdammte Sandeimer? Barbiepuppen, Legosteine, Bälle, alles flog im hohen Bogen heraus. Kreuz und quer lag ihr Spielzeug verstreut, doch der Eimer blieb verschwunden.

»Und jetzt? Was soll ich jetzt machen?«, fragte sie Ben enttäuscht und setzte sich zu ihm aufs Bett. »Die Blumen brauchen doch was zu trinken.« Traurig nahm sie ihn in den Arm und drückte ihn fest an sich. Anscheinend wusste selbst Teddy gerade keinen Rat. Doch es war schön, dass er da war und sie tröstete. Es half ihr, wenn sie sich an ihn kuscheln konnte. »Ich räum jetzt lieber wieder auf«, sagte sie schließlich und legte Ben aufs Kissen zurück. »Wenn Papa das hier sieht, gibt's Ärger.« Stück für Stück sammelte sie das Spielzeug ein und warf es in die Kiste. Einer der Bälle war unter ihr Bett gerollt, und sie krabbelte drunter, um ihn zu holen. Als Emma wieder hervorkam, strahlte sie übers ganze Gesicht. Sie nahm ihren Teddy und hüpfte auf und ab. »Jetzt weiß ich, wie wir die Blumen retten«, jubelte sie.

Zwei Stunden waren vergangen, bis Emma endlich Geräusche im Haus hörte.

»Horch! Mama ist aufgestanden. Oder Papa. Oder beide. Gleich können wir ihnen die Blumen zeigen«, erzählte sie Ben aufgeregt. »Wir müssen nur noch ein ganz bisschen warten. Wenn wir hören, dass Mama die Rollläden hochzieht, dann gehen wir hin.« Doch Emma musste sich noch eine Weile gedulden, bis endlich das erlösende Knirschen und Quietschen der Rollläden durchs Haus dröhnte. Nachdem es wieder still geworden war, hörte sie kurz darauf ihre Mama etwas sagen. Doch Emma war leider zu weit weg, um es zu verstehen.

Wie angewurzelt stand Inge vor dem Wohnzimmerfenster und sprach völlig aufgebracht mit sich selbst.

»Ich glaube das nicht! Ich bin ja wohl im falschen Film, oder was?« Sofort marschierte sie zu ihrem Mann ins Schlafzimmer, riss die Tür auf und knipste das Deckenlicht an. »Wirklich eine tolle Überraschung!«, schimpfte sie. »Soll das ein schlechter Witz sein?«

Verschlafen sah Rolf sie an.

»Wie bitte?«, murmelte er und hielt sich schützend eine Hand vor die Augen. »Mach erstmal dieses Flutlicht wieder aus.«

Inge drückte auf den Schalter, ging zum Fenster und zog den Rollladen hoch.«

»So genehm?«, grummelte sie. »Würdest du mir jetzt meine Frage beantworten?«

»Ich weiß gar nicht, wovon du redest?« Rolf setzte sich auf. »Was soll ein schlechter Witz sein?«

Wütend stemmte sie ihre Hände in die Hüften.

»Aha! Du weißt also nicht, wovon ich rede! Hast *du* mir nicht gestern gesagt, du hättest eine tolle Überraschung für mich? Die tolle Überraschung habe ich gerade entdeckt. Vielen Dank auch!«

»Wie bitte? Der ist schon da?«, stieß Rolf plötzlich hellwach hervor, sprang aus dem Bett und griff nach seiner Jeans.

»Wer soll schon da sein? Niemand ist da. Im Gegenteil. Sie sind weg!«

Ihr Mann verharrte in seiner Bewegung. Verdattert sah er Inge an.

»Was meinst du mit ... *sie sind weg?*«

»Meine Tulpen! Alle weg! Also ... nicht alle«, verbesserte sie sich.

»Nur die roten Tulpen. Von denen ragen nur noch halbe Stängel aus dem Boden.«

»Vielleicht haben wir ein Reh im Garten, das auf Rot abfährt«, erwiderte Rolf grinsend. Seine Frau kniff die Augen zu schmalen Schlitzen zusammen und musterte ihn stumm. »Was ist?«, fuhr er fort. »Glaubst du etwa, ich habe etwas damit zu tun?«

»Natürlich! Wer sonst? Du hast gesagt, du hättest eine Überraschung für mich, die mit dem Garten zu tun hat.«

»Stimmt! Die habe ich ja auch!« Er lachte kurz auf. »Aber die besteht bestimmt nicht darin, dass ich deine heiligen Blumen zerstöre. Bin doch nicht lebensmüde.«

»Dann klär mich auf!«, erwiderte sie und zog die Augenbrauen hoch. »Ich bin ganz Ohr!«

»Aber dann ist es doch keine Überraschung mehr?«

»Macht nix! Mein Bedarf an Überraschungen ist bereits gedeckt!« Rolf zuckte mit den Schultern.

»Okay, wenn du es unbedingt wissen willst. Heute um Eins kommt ein Landschaftsgärtner vorbei. Du wünschst dir doch schon lange einen Gartenteich, mit Seerosen, Springbrunnen und all dem Schnickschnack. Er wird uns beraten und einen Kostenvoranschlag machen. Und wenn der Preis stimmt, dann wird ein Termin abgemacht und er legt los.«

»Echt?«, stieß Inge begeistert hervor.

»Ja, … echt!«

Inges mürrische Stirnfalten verschwanden augenblicklich. Sie strahlte und fiel ihrem Mann um den Hals.

»Ich freu mich!«, jubelte sie. Doch dann ließ sie plötzlich von ihm ab und sah ihn fragend an. »Aber was ist mit dem Laub? Du hast doch gesagt, solange unser Nachbar seine Büsche nicht entfernt, gibt's keinen Teich.«

Ihr Mann griente siegessicher.

»Ich war bei einem Anwalt. Habe ihm erzählt, dass das Laub beim kleinsten Windzug in unserem Garten landet und wir deswegen keinen Teich anlegen können. Also … können schon, aber wer will das? Ich erklärte ihm, dass der Teich im Herbst ein einziges Laub-Auffang-Becken wäre. Ganz zu schweigen von der Pumpe des Springbrunnens, die ständig dicht wäre und …«

»Jaaa, … weiß ich doch alles!«, unterbrach sie ihn ungeduldig. »Komm zum Punkt! Was hat der Anwalt gesagt?« Erwartungsvoll sah sie ihren Mann an.

»Ich bitte dich!«, erwiderte er entsetzt. »Du verlangst doch wohl nicht, dass ich es Wort für Wort widergebe. Dieses Juristen-Deutsch versteht doch kein Mensch. Jedenfalls hätte es da mal ein Gerichtsurteil gegeben. Da musste tatsächlich jemand seine Bambushecke entfernen. Hat irgendwas damit zu tun, dass dieses Zeug einerseits ein Gehölz ist, andererseits aber auch zu den Gräsern gehört oder irgendwie so ähnlich. Jetzt nagle mich da nicht fest! Jedenfalls können wir von unserem Nachbarn verlangen, dass er die Dinger umgehend entfernt. Der Anwalt wird ihn schriftlich dazu auffordern. Eigentlich finde ich das nicht schön, aber leider geht's nicht anders. Unser werter Nachbar ließ ja nicht mit sich reden.«

»Dem Teich steht also nichts mehr im Wege!«, rief Inge begeistert aus. Doch dann stutzte sie. »Aber wenn du mit meinen verschwundenen Tulpen nichts zu tun hast, was ist dann mit ihnen passiert?«

Schmerzvoll verzog Rolf das Gesicht.

»Versprich mir, dass du nicht ausflippst. Denk einfach an etwas Schönes. Zum Beispiel, an den Seerosenteich, den du bald haben wirst. Denke daran, wie toll …«

»Rolf!«, stieß sie hervor. »Nun sag schon, was ist passiert? Anscheinend weißt du ja doch etwas.«

»Dreh dich mal um«, sagte er schmunzelnd. Inge tat es und traute ihren Augen nicht, als sie ihre Tochter im Türrahmen stehen sah.

»Guckt mal«, sagte Emma stolz und deutete auf den üppigen Tulpenstrauß in ihren Händen. »Die hab ich selber gepflückt. Ganz allein. Ganz früh heute Morgen. Da habt ihr noch geschlafen. Ich hab nur die Roten genommen, wie Birgit das gesagt hat.«

Inge schluckte schwer.

»Deine Kindergärtnerin hat gesagt, dass du meine roten Tulpen pflücken sollst?«, fragte sie verblüfft.

»Neiiiiin!« Emma schüttelte den Kopf. »Sie hat gesagt, wenn ich Li-Ming im Krankenhaus besuche und ihr etwas schenken möchte, dann muss es etwas Rotes sein.«

»Aha, und warum muss es das?«

»Weil chinesische Menschen alles, was Rot ist, ganz doll mögen. Weil nämlich alles, was Rot ist, Glück bringt. Und Li-Ming soll doch Glück haben. Sie ist doch meine Freundin. Und jetzt ist sie im Krankenhaus, und da braucht sie doch Glück.«

Mit einem gequälten Lächeln trat Inge näher. Sie kniete sich zu ihrer Tochter hinunter, die in ihrem langen weißen Nachthemd und mit ihren blonden Locken aussah, wie ein kleiner Engel.

»Ja, da hast du natürlich vollkommen recht«, sagte sie verständnisvoll. Erst jetzt erkannte Inge das Gefäß, in das Emma die Blumen gesteckt hatte. »Da hast du aber eine tolle Vase, mein Schatz«, stellte sie grinsend fest.

Emma kicherte.

»Ma-maaa! Das ist doch mein Nachttopf!«

»Oh ja … stimmt!« Inge klatschte gespielt überrascht in die Hände. »Egal, ob Vase oder Nachttopf«, sagte sie und winkte ab. »Hauptsache die Blumen haben Wasser. Und Li-Ming wird sich bestimmt sehr über sie freuen.«

»Und auch über die Schokolade!«, erinnerte Emma ihre Mutter.

»Und wenn wir nachher zu Li-Ming hinfahren, kommt Ben auch mit!«

»Na klar kommt Ben mit! Aber der Nachttopf, der bleibt hier«, beschloss Inge augenzwinkernd. »Und nun frühstücken wir erstmal, einverstanden?«

»Eine hervorragende Idee«, schaltete Rolf sich ein. »Nach diesen ganzen Überraschungen brauche ich erstmal einen starken Kaffee!«

Am frühen Nachmittag war es endlich soweit. Emma und ihre Mutter machten sich auf den Weg ins Krankenhaus. Doch bevor die beiden zu Li-Ming ins Zimmer gingen, nahm Inge ihre Tochter noch einmal beiseite.

»Hör mir bitte kurz zu, Emma«, begann sie. »Ich weiß, dass du dich ganz tüchtig darauf freust, deine Freundin wiederzusehen. Du bist bestimmt ganz doll aufgeregt, stimmt's?« Emma nickte heftig und hielt ihren Teddy in die Höhe.

»Ben ist auch aufgeregt!«

»Das verstehe ich«, fuhr Inge fort. »Aber bitte denk daran, dass Li-Ming erst vor wenigen Tagen operiert worden ist. Sie ist noch ziemlich schlapp und darum ...«

»Tut ihr der Bauch noch weh?«, fragte Emma traurig.

Inge schüttelte den Kopf.

»Nein! Sie wurde operiert, nun ist alles wieder gut. Noch fünf oder sechs Tage, dann kommt sie bestimmt wieder nach Hause. Aber im Moment wird Li-Ming noch sehr müde von der OP sein. Wir können also nicht lange bleiben. Wenn ich sage, dass wir gehen müssen, dann möchte ich, dass du auf mich hörst. Ohne Gejammer! Hast du mich verstanden?« Liebevoll streichelte Inge ihrer Kleinen über die Wange.

»Versprochen ist versprochen und wird auch nicht gebrochen«, gelobte Emma.

»Okay, dann lass uns zu ihr gehen. Aber die Blumen nehme ich dir kurz ab, dann kannst du deine Freundin erstmal begrüßen. Einverstanden?« Ihre Tochter nickte, gab Inge den Strauß und sie gingen hinein. Li-Ming lag zurzeit allein im Zimmer und hatte das Bett am Fenster bekommen. Bis zum Kinn war sie zugedeckt und schien zu schlafen.

»Hallo Li-Ming«, flüsterte Emma und gab ihr ein Küsschen auf die Wange. Sofort öffnete ihre Freundin die Augen.

»Hallo Emma«, seufzte Li-Ming.

»Jetzt haben wir dich geweckt«, sagte Inge schuldbewusst. »Das tut uns leid.«

Li-Ming schüttelte den Kopf.

»Macht doch nichts«, erwiderte sie müde. Inge reichte ihrer Tochter die Blumen. Sofort legte Emma ihren Teddy aufs Bett und nahm den Strauß in beide Hände.

»Guck mal! Die hab ich selber gepflückt«, sagte Emma stolz und hielt die Tulpen in die Höhe. »Die sind für dich, weil du Blumen so doll magst.«

Li-Ming setzte sich auf und lächelte.

»Die sind echt schön.«

»Und die sind Rot! Toll, oder?« Emma riss ihre Augen weit auf. »Birgit hat gesagt, dass Rot in China was ganz Besonderes ist.«

Li-Ming nickte.

»Meine Oma sagt immer, dass Rot Glück bringt.«

Emma sah ihre Mama strahlend an.

»Siehste!«, sagte sie triumphierend.

»Na, dann gib mir mal die roten Glücksbringer«, bat Inge schmunzelnd. »Ich besorge eine Vase. Bin gleich zurück. Macht keinen Blödsinn ihr Zwei!«, mahnte sie augenzwinkernd und ging. Emma nahm ihren Rucksack ab, holte die Schokolade heraus und überreichte sie ihrer Freundin.

»Meine Mama hat das für dich eingepackt.« Verschworen flüsternd fügte sie hinzu: »Da ist Schoki drin.«

Li-Ming zog einen Flunsch.

»Ich darf noch keine Schokolade.«

»Aber vielleicht ja morgen«, erwiderte Emma achselzuckend.

»Ja, vielleicht.« Li-Ming drehte sich kurz zur Seite, öffnete die Schublade ihres Nachttisches und holte einen Pfirsich heraus. »Guck mal! Ich habe auch was für dich«, sagte sie und reichte ihn Emma. »Die magst du doch so gerne. Den gab es gestern als Nachtisch. Habe ich extra für dich behalten.«

»Au ja! Den esse ich gleich«, erwiderte Emma, nahm den Pfirsich und legte ihn aufs Bett. »Aber zuerst hab ich noch ein Geschenk für dich«, erklärte sie. Sie griff in ihren Rucksack und holte nun das Bild heraus. »Das hab ich gemalt. Das sind wir beide auf dem Spielplatz. Du sitzt auf der Schaukel und ich ...«

»Oooh, wie schön«, rief plötzlich jemand, »Li-Ming hat Besuch!« Emma drehte sich um und sah eine Krankenschwester, die nahe der Tür stand. »Ich will euch beide gar nicht lange stören. Ich möchte bei Li-Ming nur kurz Fieber messen«, erklärte sie und drückte dabei zweimal auf den Desinfektionsspender, der an der Wand hing. Sie verrieb das Mittel in ihren Händen, kam näher und lächelte Emma freundlich an. »Ich bin Schwester Marita. Und du bist bestimmt Emma! Li-Ming hat mir schon ganz viel von dir erzählt.«

»Ja, die bin ich. Ich bin ihre Freundin. Und ich hab Geschenke mitgebracht und auch ganz tolle, rote Blumen.«

»Wow, das finde ich klasse!« Marita hielt das Fieberthermometer in Li-Mings Ohr, bis ein Signal erklang. Anschließend las sie es ab und machte eine Notiz. Dann warf sie einen suchenden Blick zum Nachttisch hinüber. »Wo sind denn die tollen, roten Blumen?« Kaum hatte sie die Frage ausgesprochen, tauchte Inge wieder auf. »Ah, da sind sie!«, rief Marita aus.

»Das ist meine Mama. Sie hat nämlich eine Vase geholt, damit die Blumen nicht verdursten.«

»Ganz genau«, erwiderte Inge, nickte der Schwester kurz zu und stellte den Strauß auf den Nachttisch.

»Und wie heißt dieser niedliche Kerl?«, fragte Marita und nahm Emmas Teddy vom Bett.

»Der gehört mir. Das ist mein bester Freund«, erklärte Emma stolz. »Er heißt Ben.«

»Das Heiligtum meiner Tochter!« Inge streichelte ihrer Kleinen über das Haar. »Ohne Ben schläft sie nicht, isst sie nicht und geht keinen Schritt aus dem Haus.«

»Den hab ich aus einem Krankenwagen«, fuhr Emma fort.

Überrascht hob Marita die Augenbrauen.

»Aus einem Krankenwagen?«

»Ja, da war ich beim Turnen von der Kletterwand gefallen, im Kindergarten. Da hab ich ganz doll geweint. Und dann musste ein Krankenwagen kommen und mich abholen. Und weil ich so geweint hab, hat mir der Doktor, der in dem Krankenwagen gearbeitet hat, diesen Teddy geschenkt. Er hat gesagt, der passt auf mich auf und hilft mir, ganz schnell wieder gesund zu werden.« Emma nickte heftig. »In echt! Das hat der Krankenwagen-Doktor gesagt. Und ich bin ganz schnell wieder gesund geworden. Und jetzt passt Ben immer auf mich auf, damit mir nichts passiert. Er ist mein bester Freund und immer bei mir.«

»Na, das war aber ein lieber Doktor, wenn er dir so einen tollen Teddy geschenkt hat«, erwiderte Marita und setzte Ben an das Fußende des Bettes. Dann trat sie näher an Inge heran. »Stimmt das? Sie hat den Teddy vom Rettungsdienst bekommen?«, flüsterte sie.

»Ja, das stimmt.«

Irritiert sah Marita Inge an.

»Seit wann haben die denn sowas an Bord?«

»Haben Sie noch nichts von dem Verein ›Trostteddy‹ gehört?«

»Trostteddy?« Marita überlegte kurz. »Nein, sagt mir nichts.«

»Der Verein besteht aus vielen fleißigen Frauen und Männern, die für kleine Patienten Teddys und Püppchen stricken. Die werden dann kostenlos an Krankenhäuser, karitative Einrichtungen und andere ehrenamtliche Institutionen abgegeben.«

»Und auch Rettungsdienste besitzen schon diese Teddys?«, fragte Marita erstaunt.

»Zumindest einige Rettungswagen sind mittlerweile mit den Trost-teddys und seinen Freunden ausgestattet. Zum Glück für Emma! Für sie war er ein wahrer Segen und das einzige, was ihre Tränen trocknete. Auch während der Untersuchungen war sie nicht so ver-ängstigt, weil der Teddy bei ihr sein durfte. So hatte es der Arzt na-türlich leichter. Alles war viel entspannter.«

Marita hob anerkennend den Daumen.

»Das hört sich wirklich toll an! Ich werde mit unserer Leitung sprechen. Diese Trostteddys wären auch etwas für unsere Kinder-station.«

»Ganz sicher sogar«, stimmte Inge zu. »Vor kurzem habe ich ge-hört, dass bei manchen der Kinder, die einen Trostteddy hatten, sogar die Schmerzmittel reduziert werden konnten.«

»Genial! Auch das werde ich zur Sprache bringen. Schließlich geht es darum, den Lütten den Aufenthalt hier so angenehm wie möglich zu machen. Und wenn uns dabei diese liebevoll gestrickten Freunde helfen können, umso besser! Wie einfach es doch manchmal ist, anderen zu helfen. Aber man muss natürlich erstmal auf eine so geniale Idee kommen!«

»Ich drücke die Daumen, dass Sie etwas bewirken können. Den kleinen Patienten zuliebe! Den Gründern dieses Vereins und auch den fleißigen Strickerinnen und Strickern liegt es so sehr am Her-zen, ein Lächeln auf jedes Kindergesicht zu zaubern. Mich hat es sehr berührt, als ich von diesem Verein erfuhr. Wenn Sie nähere Infos brauchen, dann schauen Sie einfach mal im Internet!«

Marita nickte.

»Das werde ich ganz sicher tun«, erwiderte sie dankbar. Dann wandte sie sich wieder den Mädchen zu. »So, ihr beiden, ich muss weiter. Mal gucken, ob es den anderen Kindern genauso gutgeht wie euch.« Dann nahm sie den Teddy noch einmal in die Hand. »Und du passt weiterhin gut auf die Emma auf. Hörst du?«, sagte sie gespielt energisch. Dann setzte sie Ben zurück aufs Bett und ging.

»Die Frau ist aber lieb«, sagte Emma zu ihrer Freundin. Li-Ming lächelte müde und gähnte.

»Wir sollten jetzt gehen«, beschloss Inge. »Wir werden morgen wiederkommen. Jetzt braucht Li-Ming ein bisschen Ruhe.«

»Oooo-kay«, antwortete Emma traurig und streichelte ihrer Freundin zum Abschied über die Hand.

»Deinen Teddy packen wir besser in den Rucksack«, schlug Inge vor und deutete zum Fenster. »Schau mal hinaus! Es schüttet wie aus Eimern und wir haben keinen Schirm. Ben soll doch bestimmt nicht nass werden, oder?«

»Nein, dann kriegt er eine Erkältung und muss auch ins Krankenhaus.«

»Na, das wollen wir doch nicht«, sagte Inge. Sie öffnete den Rucksack und Emma legte den Teddy vorsichtig hinein.

»Tschüss, Ben, bis gleich. Zuhause darfst du wieder raus.« Inge grinste, schloss den Reißverschluss und setzte ihrer Tochter den Rucksack auf den Rücken. Dann beugte sie sich leicht zu Li-Ming herunter und streichelte über ihre Wange.

»Wenn du wieder zuhause bist, dann besuchst du uns. Und ich backe Eierpfannkuchen. Was hältst du davon?«

»Das wäre toll«, erwiderte die Kleine leise und nickte. Inge zwinkerte ihr kurz zu, dann nahm sie ihre Tochter an die Hand und sie gingen. Emma warf ihrer Freundin noch schnell einen Luftkuss zu, bevor sich die Tür hinter ihnen schloss.

Kurz bevor die beiden beim Fahrstuhl ankamen, blieb Emma plötzlich stehen.

»Mein Pfirsich!«, stieß sie hervor.

»Dein Pfirsich?« Inge sah ihre Tochter irritiert an. »Was für ein Pfirsich?«

»Li-Ming hat mir einen geschenkt. Der ist wohl irgendwo hin gekullert. Ich hab ihn nicht mehr gesehen. Und jetzt hab ich ihn nicht mitgenommen.«

»Das macht doch nichts. Dann nimmst du ihn eben morgen mit.«

»Aber dann ist der vielleicht weg.« Emma schmollte und sah ihre Mutter leidend an. Inge atmete tief durch.

»Na gut, dann geh hin und hole ihn. Aber komm sofort zurück! Verstanden?«

Emma nickte und rannte los. Doch wie Inge es bereits geahnt hatte, dauerte es etwas länger, bis ihre Tochter zurückkam.

»Na, mein Schatz, konntet ihr euch mal wieder nicht voneinander trennen? Du musstest deiner Freundin bestimmt noch hochwichtige Dinge erzählen, du kleine Quasselstrippe.«

»Bin ja gar keine Quasselstrippe«, widersprach Emma und steckte kurz die Zunge raus.

»Natürlich bist du das! Das hast du von deinem Papa! Der redet auch in einer Tour.« Liebevoll wuschelte sie durch Emmas Lockenpracht. Dann sah sie ihre leeren Hände und stutzte. »Wo ist der Pfirsich?«

»Im Rucksack«, antwortete Emma und rannte zum Fahrstuhl, der gerade seinen Türen öffnete. Inge folgte ihr, und ab ging's nach Hause.

Nachdem Inge ihrer Tochter eine Gute-Nacht-Geschichte vorgelesen hatte, legte sie das Buch beiseite und küsste Emma auf die Stirn. Als sie die Decke etwas runterschob, um auch Teddy einen Kuss zu geben, wie sie es jeden Abend tat, stutzte sie.

»Ben ist nicht da. Wo ist er?«, fragte Inge irritiert.

»Im Krankenhaus.«

»Wie, im Krankenhaus?«

»Bei Li-Ming.«

Inge riss ihre Augenbrauen hoch.

»Du hast Ben bei Li-Ming gelassen?«

»Ja, als ich den Pfirsich geholt hab, da hab ich ihn ihr gegeben.«

»Du hast ihn ... ihr gegeben?« Verblüfft sah sie ihre Tochter an. »Aber Ben ist doch dein bester Freund? Ich dachte, er muss immer bei dir sein?«

»Aber Li-Ming ist auch meine beste Freundin. Und darum habe ich mit Ben einfach darüber gesprochen und es ihm erklärt.«

»Was hast du ihm erklärt?«

Emma gähnte kräftig und rieb sich die Augen.

»Ich hab ihm gesagt, dass Li-Ming jetzt krank ist und traurig. Und, dass sie einen Teddy braucht, der sie tröstet. Und weil sie nicht so einen Teddy hat, möchte ich, dass er das solange macht. Und Ben hat gesagt, er macht das. Und Li-Ming hat gesagt, wenn sie wieder zuhause ist, bekomm ich Ben zurück.« Die Kleine zuckte zufrieden mit den Schultern. »Ich hab ihr einfach meinen Freund geliehen, damit sie sich freut. So einfach ist das.«

Inge schluckte.

»Ja, ... so einfach ist das«, wiederholte sie. ›Einfacher Plan – Kindlich genial‹, so hatte es schon Grönemeyer besungen, dachte Inge, während Emma die Augen zufielen und sie zufrieden lächelte. Liebevoll streichelte Inge ihr übers Haar. »Vielleicht gehört diese Welt manchmal wirklich in Kinderhände«, seufzte sie nachdenklich.

»Ich habe eine Bitte«, sagte Inge, als sie zu ihrem Mann ins Wohnzimmer kam. »Der Anwalt soll das Schreiben noch nicht abschicken. Lass uns warten.«

»Warten?« Erstaunt sah Rolf sie an. »Warten worauf?«

»Damals, als du Herrn Brauer auf sein Laub angesprochen hast, hattest du einen ziemlich miesen Tag. Ehrlich gesagt, hast du ihn ganz schön angemotzt. Du warst alles andere als freundlich. Und wie es in den Wald rein ruft, so schallt es heraus. Vielleicht stellt er sich deswegen stur. Oder er mag nicht zugeben, dass es für ihn zu anstrengend ist, die Büsche auszubuddeln und umzusetzen. Er ist schließlich nicht mehr der Jüngste.«

»Nun hör aber auf!«, stieß Rolf empört hervor. »Der wühlt den ganzen Tag im Garten herum.«

Inge rollte mit den Augen.

»Was ich damit sagen will, ist, dass wir gar nicht wissen, weshalb er sich quer stellt. So gut kennen wir ihn doch gar nicht. Und er weiß nicht, warum uns sein Laub so stört. Vielleicht fragt er sich, warum wir es nicht einfach wegfegen. Dass es uns daran hindert, einen Teich anzulegen, kann er nicht riechen. Wir haben davon nichts gesagt.«

»Soll das etwa heißen, wir müssen ihm Rechenschaft ablegen, warum wir sein Laub nicht in unserem Garten haben wollen? Das wird ja immer schöner!«

»Nein, das soll heißen, dass wir drei nie vernünftig darüber gesprochen haben. Ihr habt euch gegenseitig auf dem falschen Fuß erwischt, zack, seitdem geht plötzlich nichts mehr. Aber eigentlich ist er doch ein ganz Netter.« Sie grinste und versetzte ihrem Mann einen leichten Hieb in die Seite. »Und wir sind doch eigentlich auch ganz nett. Darum muss es doch möglich sein, miteinander zu reden, ohne gleich einen Anwalt einzuschalten. Ich halte das für überzogen.«

Rolf sah seine Frau skeptisch an.

»Raus mit der Sprache. Wie ich dich kenne, hast du schon einen Plan.«

»Oh ja, und sogar einen ganz einfachen! Ich gehe morgen zu Herrn Brauer und werde mich für deinen rauen Ton entschuldigen. Dann lade ich ihn für nächsten Sonntag zum Kaffee ein. Das Wetter ist herrlich. Wir könnten auf der Terrasse sitzen und ihm sozusagen vor Ort unser ›Teich-Problem‹ erklären. Dann fragen wir ihn höflich, ob er die Büsche versetzen könnte? Und du bietest ihm natürlich deine Hilfe an.«

Rolf hob die Augenbrauen.

»Ach, mache ich das?«

»Na klar!« Inge trat näher an ihren Mann heran und schlang ihre Arme um ihn. »Wir werden in Ruhe über alles reden. Werden einander zuhören und ganz bestimmt eine Lösung finden. So einfach ist das.«

»So einfach ist das? Und wenn nicht? Was machen wir dann?«

»Dann fragen wir, was wir noch tun könnten, um das Problem friedlich zu lösen.«

»Ach, und wen fragen wir?«

Inge lächelte versonnen.

»Unsere Kinder!«

Mauern aus Glas

Simone Siemer stand am Zellenfenster und sah durch die Gitterstäbe. Nachdenklich betrachtete sie den wolkenlosen Himmel. Wie oft hatte sie hier in den letzten dreizehn Monaten gestanden und davon geträumt, wieder frei zu sein? Und nun? Nun war der ersehnte Tag gekommen! Gleich würde eine Beamtin sie zum Tor begleiten, hinter dem die Freiheit lag. Sie atmete tief durch und wandte sich um. Ein letztes Mal streifte ihr Blick über die kahlen Wände ihrer Zelle. Von einem Tag auf den anderen war ihr Leben auf diese acht Quadratmeter geschrumpft. Von einem Tag auf den anderen, hatte sie alles verloren, was ihr Leben ausmachte. Simone dachte an jenen Tag zurück, an dem es geschah. Plötzlich sah sie sie wieder vor sich, jene Glückwunschkarte zur Silberhochzeit, die keinen Absender trug. Freudig hatte sie den Umschlag geöffnet, die Karte aufgeschlagen und augenblicklich schnürte sich ihre Kehle zu. Erstarrt hatte sie auf das Foto geblickt, das in der Karte lag. Ihr Mann war darauf zu sehen. In seinen Armen eine feurige Rothaarige. Ein Foto, das eindeutiger nicht sein konnte. Simone las die zynischen Zeilen, mit denen ihr zu 25 Jahren Ehe gratuliert wurde, von denen ihr Mann sie seit den letzten vier Jahren betrog. So stand es dort geschrieben. Simone fühlte sich wie betäubt. Sie saß nur da und starrte auf dieses Foto. Doch dann begannen ihre Gedanken zu kreisen. Die nächtlichen Anrufe, Roberts ständige Überstunden, die spontanen Geschäftsreisen. Plötzlich ergab vieles einen Sinn. Während sie seine Hemden bügelte, Anzüge aus der Reinigung holte, den Koffer packte, vergnügte er sich mit einer anderen. Sie dachte an die unzähligen Lügen, die er ihr in all den Jahren aufgetischt haben musste, um seine Affäre zu verbergen. Eine Lüge zog bekanntlich die nächste nach sich, wie Perlen an einer Kette. Plötzlich hatte sie nur noch diesen einen Gedanken. Sie musste ihren Mann zur Rede stellen. Sofort! Wutentbrannt war sie zu ihrem Wagen gerannt und hatte sich auf den Weg zu ihm gemacht.

Fassungslos über sich selbst schüttelte Simone den Kopf. Noch heute konnte sie nicht glauben, was dann geschehen war. Sie wandte sich wieder dem Zellenfenster zu und sah hinaus. Dieses wunderschöne Blau, die Sonne, die Freiheit? Hatte sie all das überhaupt verdient? Würde sie sich jemals verzeihen, was sie getan hatte? Erneut wanderten ihre Gedanken in die Vergangenheit.

Sie hatte wenige Meter von Roberts Kanzlei entfernt geparkt. Eine Mischung aus Eifersucht, dem Gefühl von Erniedrigung und Traurigkeit nahm sie vollständig ein. Dann sah sie ihren Mann aus dem Bürogebäude kommen, in dem er seine Kanzlei hatte. Er telefonierte und lachte herzhaft. Simones Gedanken rotierten. Sprach er etwa mit ihr? Machten sie sich gerade lustig über die Ehefrau, die zuhause saß und nichts ahnte? Eine Ehefrau, die zu dumm war, um irgendwas zu merken. Ihre Hände umschlossen das Lenkrad, fester und fester, bis die Fingerknöchel weiß hervortraten. Sie starrte ihn durch die Scheibe an. Robert hörte einfach nicht auf, zu lachen. Er lachte, immer und immer wieder. Er sollte damit aufhören. Auch dieser Schmerz in ihr sollte endlich aufhören. Ruckartig schnellte ihre Hand zu dem Autoschlüssel, sie ließ den Wagen an, trat das Gaspedal durch. Ohne zu zögern, war sie auf ihren Mann zugefahren. Bis Robert realisierte, was geschah, war es zu spät gewesen. Dass er überlebt hatte, glich einem Wunder.

Simone schloss die Augen. Niemals hätte sie es für möglich gehalten, dass sie ihrem Mann etwas antun könnte. Überhaupt einen

Menschen absichtlich verletzen zu wollen, geschweige denn, ihn womöglich zu töten. Würden die Erinnerungen an diesen Tag jemals verblassen? Würde sie sich jemals verzeihen, was sie getan hatte? Simone atmete schwer durch, ging hinüber zu ihrem Bett und setzte sich. Sie betrachtete den gepackten Koffer. Nur noch wenige Minuten, dann konnte sie ihn nehmen und einfach gehen. Wie oft hatte sie diesen Moment in ihren Gedanken durchgespielt, ihn kaum noch erwarten können. Doch jetzt spürte sie Angst. Angst vor einem Leben, in dem nichts mehr so sein würde, wie zuvor. Mit Anfang fünfzig musste sie noch einmal neu anfangen. Simone hatte lange darüber nachgedacht, wie dieser Neuanfang aussehen sollte, und sie hatte schwerwiegende Entscheidungen getroffen. Nun galt es, sie umzusetzen. Doch bevor sie ihr eigenes Leben umkrempelte, hatte sie noch etwas zu erledigen. Etwas, das ihr sehr am Herzen lag. Zaghaft tastete sie nach dem Zettel in ihrer Jackentasche, zog ihn hervor und betrachtete ihn nachdenklich.

»Ihre Papiere liegen bereit«, hörte Simone plötzlich jemanden sagen und sah auf. Eine Vollzugsbeamtin stand in der offenen Zellentür. »Meine Kollegin sagte, Sie möchten sich von einer unserer Köchinnen verabschieden«, fuhr sie fort und musterte Simone ungläubig. »Stimmt das?«

»Ja, das stimmt. Ich möchte mich von Frau Harjes verabschieden. Ich weiß, dass sie heute Dienst hat.«

»Aha«, erwiderte die Beamtin. »Hab hier schon viel erlebt, aber das hatten wir noch nie. Waren Sie von unserer 5-Sterne-Küche so begeistert?«

»Na klar! Ich werde diese kulinarischen Köstlichkeiten bestimmt vermissen.«

»Na gut, wenn Sie meinen. Dann begleite ich Sie jetzt zum Besucherraum. Frau Harjes wartet schon. Länger als fünfzehn Minuten kann ich Ihnen allerdings nicht gestatten.«

»Das ist okay. Bin schon froh, dass es überhaupt möglich ist«, erwiderte Simone und stand auf. Während sie mit der Beamtin den langen Flur entlang ging, griff sie erneut in ihre Jackentasche. Nervös spielte sie mit dem Zettel, während ihre Gedanken rotierten. Sollte sie Jana wirklich auf ihren Verdacht ansprechen? Je länger sie darüber nachdachte, desto stärker wurden ihre Zweifel.

»Danke, dass Sie kurz Zeit für mich haben«, begrüßte Simone die junge Frau, als sie ihr im Besucherraum gegenüberstand.

»Sehr gerne! Ich habe zu danken! Sie haben Ihren Küchendienst ausgezeichnet gemacht. Dürfen jederzeit wiederkommen«, scherzte Jana.

»Nein danke! Ich kann mich gerade noch beherrschen.« Simone lachte kurz auf und stellte ihren Koffer ab.

»Heute ist es also so weit, Frau Siemer! Der große Tag ist gekommen. Und? Schon Pläne für das Leben in Freiheit?«

Simone nickte.

»Oh ja! Erinnern Sie sich an das Angebot, das mir meine Nichte gemacht hat? Ich hatte Ihnen davon erzählt.«

»Natürlich erinnere ich mich. Die Stelle als Ärztin im Niemandsland.« Jana hob die Augenbrauen. »Aber das wollen Sie nicht wirklich machen?«

»Doch, genau das werde ich tun!«

»Von einer angesehenen Chefärztin zur Inseldoktorin? Und das freiwillig?« Ungläubig sah Jana Simone an.

»Freiwilliger geht's nicht! Ich nehme das Angebot meiner Nichte an. Ich ziehe zu ihr nach Wangerooge.«

»Sie waren Chefärztin in einer der größten Kliniken Hamburgs. Und jetzt wollen Sie den Sonnenbrand von Insulanern heilen? Außer dieser Sache mit ihrem Mann, haben Sie sich nie etwas zu Schulden kommen lassen. Sprechen Sie mit einem Sozialarbeiter. Er wird Ihnen bei der Suche nach einer anspruchsvolleren Stelle helfen. Das da auf der Insel ist doch nichts Vernünftiges. Bei Ihren Qualifikationen!«

»Alles muss immer vernünftig sein!« Simone schüttelte zaghaft den Kopf und schmunzelte. »Vernunft ist das oberste Gebot! Sie erinnern mich an meinen Vater, als ich ihm damals mitteilte, dass ich Kunst studieren wolle. Ich träumte davon, Bilder zu malen und sie auszustellen. Er ist ausgeflippt vor Entsetzen. Ein Medizinstudium musste es für mich sein! Seine Tochter im weißen Kittel, mit einem Stethoskop um den Hals. Davon hatte er immer geträumt. Das war eben etwas ...«, pantomimisch malte sie zwei Anführungszeichen in die Luft, »... Vernünftiges.« Ihr Schmunzeln verschwand und sie atmete schwer durch. »Ich erfüllte ihm seinen Wunsch. Anfangs war ich sehr unglücklich. Ich wollte kreativ sein, Kunst erschaffen! Der Gedanke daran, Tag ein Tag aus über Krankenhausflure zu rennen, machte mir Angst.«

»Aber der Job hat doch auch seine guten Seiten, oder etwa nicht?«

»Klar hat er das. Dennoch war es nicht mein Traum, nicht meine Vorstellung vom Leben, sondern die meines Vaters. Und so habe ich über Jahre damit verbracht, den Traum eines anderen zu leben. Meine Leidenschaft galt immer der Malerei.«

»Und weil die Malerei Ihre Leidenschaft ist, arbeiten Sie nun als Inselärztin?« Jana legte die Stirn in Falten. »Muss ich nicht verstehen, oder?«

»Okay, das hört sich etwas wunderlich an«, gestand Simone ein. »Aber ich bin nicht mehr die Jüngste. Jetzt noch ein Kunststudium beginnen? Allerdings schwirrt mir der Gedanke immer noch im Kopf herum. Das gebe ich zu. Vielleicht mache ich es sogar. Aber ich muss natürlich auch von irgendwas leben. Und mit der Zeit hat mir die Arbeit als Ärztin gefallen. Sie hat mir mehr bedeutet, als ich dachte. Das habe ich gemerkt, als die Gefahr bestand, dass ich meine Approbation verliere.«

Jana nickte.

»Sie hatten Glück im Unglück. Normalerweise wäre die futsch gewesen. Hätte sich nicht die ganze Klinik für Sie eingesetzt und sogar die Ärztekammer, dann wäre es sicherlich auch dazu gekommen. Sie erzählten mir, dass sogar Ihr Mann nur positiv von Ihnen gesprochen hat! Damit hatte bestimmt niemand gerechnet. Wirklich beeindruckend.«

»Stimmt, damit hatte niemand gerechnet, ich am allerwenigsten.«

»Wenn Ihnen klargeworden ist, dass Ihnen der Job doch viel bedeutet, warum versuchen Sie nicht, wieder eine Stelle in der Klinik zu bekommen?«

Simone zuckte mit den Schultern.

»Könnte ich versuchen. Doch in den letzten Jahren ist es immer stressiger geworden. Kliniken sparen Personal ein, wo sie nur können. Wir Ärzte haben doch kaum noch Zeit für unsere Patienten. Sie sind im Grunde nur noch eine Nummer einer Krankenakte. Zumindest ist das mein Empfinden. Ich hatte in den letzten Monaten viel Zeit zum Nachdenken. Wenn ich schon als Ärztin arbeite, dann doch bitte auf eine Art und Weise, die ich für richtig halte. Ich möchte mir Zeit nehmen für meine Patienten. Ihnen wirklich zuhören können.«

»Klingt gut«, erwiderte Jana anerkennend.

»Als meine Nichte mir sagte, dass auf Wangerooge eine Nachfolgerin für eine Hausarztpraxis gesucht wird, fühlte es sich sofort richtig an. Und als Manuela mir auch noch anbot, in die Anliegerwohnung einziehen zu können, die zu ihrem Hotel gehört, da waren die Würfel gefallen. Nun bin ich im Gespräch mit der Inselverwaltung. So wie es aussieht, stehen meine Chancen gut.«

»Oookay, kann ich soweit alles nachvollziehen. Aber das Leben auf einer Insel kann verdammt einsam sein«, wandte Jana ein. »Sie sind die Stadt gewohnt.«

»Stimmt! Damit kommen wir zum zweiten meiner Lebensträume! Schon immer habe ich davon geträumt, am Meer zu leben. Bei Wind und Wetter am Wasser entlang spazieren. Eine steife Brise um die Nase wehen lassen. Einfach herrlich! Es wäre zu schön, wenn sich nun auch dieser Traum erfüllen würde.«

»Auch? Wieso auch? Gibt es noch einen weiteren, der sich erfüllt?« Simone strahlte.

»Wenn das mit Wangerooge tatsächlich klappt, dann werde ich mit dem Malen beginnen! Der Job als Ärztin auf dieser kleinen Insel würde mir ausreichend Zeit dazu lassen. Manuela würde meine Bilder in ihrem Hotel aufhängen. Im Speisesaal und in den Fluren. Eine wunderbare Möglichkeit, meine Bilder der Öffentlichkeit zu präsentieren.«

Beeindruckt sah Jana Simone an.

»Ein tolles Angebot, da gebe ich Ihnen recht!«

»Mal schauen, wie es läuft«, fuhr Simone aufgeregt fort. »Vielleicht kann ich mir irgendwann ein kleines Atelier zulegen. Bis dahin ist es natürlich noch ein weiter Weg. Darum muss ich endlich loslegen! Weit über die Hälfte meines Lebens ist bereits Geschichte. Eh man sich versieht, ist es zu spät. Ich möchte aber nicht am Ende meines Lebens auf meine Träume zurückblicken und bereuen, dass ich nicht mal versucht habe, sie mir zu erfüllen.«

»Wow!« Jana nickte anerkennend. »Das nenne ich doch mal einen Neuanfang!«

»Apropos ›Träume‹! Wie siehts bei Ihnen aus, Jana? Sie sind jetzt Anfang dreißig, haben das Leben noch vor sich. Aber was wäre, wenn es morgen endete? Könnten Sie zufrieden darauf zurückblicken?«

»Na klar, wieso nicht?«

»Ganz sicher?«

»Wieso fragen Sie?«

Simone deutete auf den Bluterguss an Janas Stirn.

»Sind Sie schon wieder unglücklich gefallen?«

»Bin eben ziemlich ungeschickt«, erwiderte Jana und lächelte gequält.

»Sind Sie nicht! Und auch auf die Gefahr hin, dass ich jetzt eine Grenze überschreite, frage ich Sie frei heraus. Schlägt Ihr Mann Sie?«

»Wie bitte?«, stieß Jana hervor und riss ihre Augen weit auf. »So ein Blödsinn!« Instinktiv strich sie sich eine Strähne ihres Ponys über die bläuliche Verfärbung neben ihrer Augenbraue.

»Es ist nicht nur die Stelle an der Stirn«, fuhr Simone fort. »Ich habe auch die Blutergüsse an ihren Handgelenken gesehen. Während meiner Arbeit als Ärztin bin ich oft Frauen begegnet, die häuslicher Gewalt ausgesetzt waren. Man entwickelt mit der Zeit einen Blick dafür. Niemand hat das Recht, einem anderen Menschen Gewalt anzutun und …«

»Na, das sagt die Richtige«, konterte Jana spitz.

»Da haben Sie recht! Was ich getan habe, ist nicht zu entschuldigen. Und ich werde es mir nie verzeihen. Doch nun geht es nicht um mich, sondern um Sie.«

»Um mich?«

»Ganz genau! Um *Sie* und um *Ihr* Leben!« Simone trat etwas näher an Jana heran. Nachdenklich streifte ihr Blick durch den Raum und über die kahlen, grauen Wände. »Diese Gefängnismauern sind ehrlich. Sie setzen uns klare, unübersehbare Grenzen«, seufzte sie. Dann wandte sich Simone wieder Jana zu. »Hinterhältig sind nur die Mauern in unseren Köpfen; denn sie sind unsichtbar. Dennoch halten sie uns gefangen. Sie sperren uns ein, und wir merken es nicht einmal. Die Mauern in unseren Köpfen sind aus Glas.«

»Was für ein Quatsch«, fuhr Jana sie an.

»Ist es das? Sind Sie denn glücklich? Glücklich, so, wie Ihr Leben jetzt ist? Oder wünschten Sie sich, manches wäre anders?«

»Es gibt immer etwas, was man gerne anders hätte. Nichts ist perfekt.«

»Da haben Sie natürlich recht. Dann frage ich anders! Haben Sie noch Träume?«

»Träume«, seufzte Jana. »Träume haben mit der Realität nichts zu tun.«

»Stimmt! Und wissen Sie, warum nicht? Weil wir es nicht zulassen. Weil wir nicht handeln«, entgegnete Simone. »Das meine ich, mit den gläsernen Mauern. Oft haben wir unsere Träume klar vor Augen. Sie liegen vor uns, zum Greifen nah! Dennoch können wir sie nicht erreichen, weil sie hinter den gläsernen Mauern liegen. Warum zerschlagen wir sie nicht und greifen nach unseren Träumen. Warum unternehmen wir manchmal nicht einmal den Versuch, sie wahr werden zu lassen? Aus Angst? Befürchten wir, uns an den Scherben zu verletzen?« Simone lächelte liebevoll. »Das Leben birgt immer Risiken, aber es ist auch im wahrsten Sinne des Wortes einmalig. Sie haben es verdient, glücklich zu sein. Also handeln Sie!« Simone zog den Zettel aus ihrer Jackentasche und reichte ihn Jana. »Hier ist die Adresse meiner Nichte. Bei ihr werde ich zunächst wohnen, bis alles entschieden ist. Sollte ich tatsächlich die Stelle als Ärztin bekommen, dann werde ich natürlich in die Anliegerwohnung ziehen. Meine Handynummer habe ich Ihnen ebenfalls aufgeschrieben und auch die einer Freundin. Sie leitet eine Beratungsstelle für Frauen, die häuslicher Gewalt ausgesetzt sind. Sie kann …«

»Behalten Sie Ihre Nummern«, stieß Jana bissig hervor. »Mein Leben geht Sie nichts an. Ich muss nun zurück in die Küche.«

Simone nickte verständnisvoll.

»Na gut«, seufzte sie und legte den Zettel auf den Tisch. »Schmeißen Sie ihn weg oder nehmen Sie ihn an sich. Es ist Ihre Entscheidung. Sie können mich jederzeit anrufen – Tag und Nacht.« Simone ging zur Tür. Doch bevor sie den Raum verließ drehte sie sich noch einmal um. »Sie haben mir mal erzählt, dass Ihnen die Arbeit in der Gefängnisküche keine Freude bereitet. Dass es Sie sehr belastet, auf Menschen zu stoßen, die eingesperrt sind, selbst wenn sie es verdient haben. Als ich Ihnen vor einiger Zeit von Wangerooge erzählte, sagten Sie, dass auch Sie das Meer lieben. Dass Sie schon als Kind davon geträumt hätten, auf einem Kreuzfahrtschiff zu arbeiten und durch die Welt zu schippern. Warum bewerben Sie sich nicht einfach mal bei einer Reederei? Mal schauen, was passiert?«

»Mal schauen, was passiert?« Jana hob die Augenbrauen. »Sind Sie gleich fertig mit Ihren klugen Ratschlägen? Sie tun so allwissend«, sagte sie schnippisch. »Sie wissen auch nicht, ob Sie als malende Inselärztin glücklich werden.«

»Nein, das weiß ich nicht. Genau darum mache ich es! Wir wissen nie im Voraus, ob unsere Entscheidungen richtig oder falsch sind. Doch nicht mal zu versuchen, Träume wahrwerden zu lassen, ist ganz sicher falsch.« Simone nickte Jana noch einmal kurz zu und ging.

Eine Stunde hatte es gedauert, bis Simone endlich ihre Entlassungspapiere erhielt. Gerade wollte eine Beamtin sie hinausbegleiten, als Jana plötzlich vor ihr stand.

»Warum?«, sagte sie und sah Simone fragend an. »Warum interessieren Sie sich für mich? Wir kennen uns doch kaum.« Ihre Stimme klang jetzt sanft und irgendwie zerbrechlich.

Simone lächelte.

»Weil ich Sie mag! Man muss einen Menschen nicht ewig lange kennen, um ihn zu mögen. Es kann vorkommen, dass man auf jemanden trifft und sofort ein gutes Gefühl hat.«

»Und das hatten Sie bei mir?« Verwundert sah Jana Simone an.

»Ganz genau! Ich konnte mir vom ersten Moment an vorstellen, mit Ihnen befreundet zu sein. Haben Sie das noch nie erlebt?«

Jana zuckte mit den Schultern.

»Weiß nicht. Mag sein. Ist lange her, dass ich über so etwas wie Freundschaft nachgedacht habe.«

»Ich mochte Sie auf Anhieb«, fuhr Simone fort. »Und ich werde Ihnen ewig dankbar sein. Ohne Sie hätte ich meine Zeit hier im Gefängnis nicht so gut überstanden.«

»Ohne mich?«, fragte Jana irritiert. »Wieso ohne mich? Ich habe doch gar nichts getan.«

»Und ob Sie das haben! Als ich in Ihre Küche versetzt wurde, war ich bereits ein viertel Jahr hier. Ich fühlte mich absolut mies und war überzeugt davon, meine Haft nicht durchstehen zu können. Dann traf ich Sie! Wir konnten auf besondere Weise miteinander reden. Ich spürte, dass ich bei Ihnen ehrlich sein durfte. Ich musste nicht die Starke spielen. Ihnen konnte ich sagen, wie es in mir aussah. Und das habe ich auch getan. Meinen ganzen Seelenmüll habe ich bei Ihnen abgeladen. Und auch Sie haben mir viel aus Ihrem Leben erzählt. Sogar gemeinsam gelacht haben wir oft. Manchmal fühlte es sich an, als wären wir schon ewig befreundet.«

»Es freut mich, dass ich Ihnen helfen konnte.« Jana lächelte gerührt. »Tut mir leid, dass ich so schnippisch war, als Sie mich auf meinen Bluterguss ansprachen. Ich weiß, Sie haben es nur gut gemeint.«

»Alles okay. Machen Sie sich keine Gedanken«, erwiderte Simone verständnisvoll. »Ich hatte eine Grenze überschritten und Dinge gesagt, die mir nicht zustanden. Mein Verhalten war auch nicht die feine englische Art. Wir sind quitt, einverstanden?«

Jana nickte zaghaft, dann sah sie hinunter auf einen Zettel in ihrer Hand, auf den sie ihre Telefonnummer geschrieben hatte.

»Ich weiß nicht, ob ich den Mut haben werde, Sie anzurufen. Darum ... darum gebe ich Ihnen meine Nummer. Was Sie ... was Sie gesagt haben ... also ... über Träume meine ich«, stammelte sie und sah wieder auf. »Würden Sie mich wissen lassen, wie es sich anfühlt.«

»Wie sich was anfühlt?«

»Wie es sich anfühlt, seine Träume zu leben. Vielleicht schaffe ich es dann ja auch – irgendwann.«

»Natürlich werden Sie es schaffen, Jana. Davon bin ich überzeugt.« Simone nahm ihr den Zettel ab. »Ich hoffe sehr, dass Sie meine Nummer eingesteckt haben. Wer weiß, vielleicht rufen Sie mich ja doch an und erzählen mir von diesem einzigartigen Klang.«

»Von welchem Klang?« Irritiert sah Jana Simone an.

»Dem befreienden Klang einer gläsernen Mauer, die zu Scherben zerfällt«, erwiderte sie lächelnd. »Ich muss jetzt gehen. Die Beamtin schaut schon etwas ungehalten. Sonst muss ich womöglich noch hierbleiben«, scherzte Simone und umarmte Jana zum Abschied. Dann nahm sie ihren Koffer und ging.

Fast ein Jahr war vergangen, seit Simone die dunkelste Zeit ihres Lebens hinter sich gelassen hatte.

»Trinken wir einen Kaffee zusammen, Tante Simone? Oder hockst du dich sofort wieder an deine Malwand?«

»Manuela! Nenn mich nicht immer ›Tante Simone‹!« Mit dem Ellenbogen versetzte Simone ihrer Nichte einen leichten Hieb in die Seite. »Hört sich ja an, als wäre ich grottenalt. Und übrigens ist das keine ›Malwand‹, sondern eine Staffelei.«

»Werd's mir merken … Tante Simone«, erwiderte Manuela grinsend und füllte ihre Becher mit Kaffee. »Setzen wir uns auf die Veranda?«

Simone nickte, nahm ihrer Nichte einen der Becher ab und gemeinsam gingen sie hinaus.

»Gleich werde ich meinen obligatorischen Spaziergang machen«, sagte Simone, nachdem sie sich auf der weißen Holzbank niedergelassen hatte. Ihre Nichte ließ sich in den Korbsessel fallen, zog mit den Füßen einen Hocker näher heran und legte ihre Beine darauf. Während sie ihren Kaffee trank, schielte sie zu Simone rüber, die mit geschlossenen Augen dasaß und selig vor sich hinlächelte.

»Ich fasse es nicht«, kommentierte Manuela den Anblick. »Du fühlst dich hier tatsächlich pudelwohl. Oder tust du nur so?«

Abrupt öffnete Simone ihre Augen.

»Wie bitte? Wieso sollte ich nur so tun? Natürlich fühle ich mich hier wohl. Warum auch nicht?«

»Hallooo?« Ihre Nichte rollte übertrieben mit den Augen. »Das wir am Puls des Lebens wohnen kann man wirklich nicht behaupten.« Fröstelnd zog sie ihre Strickjacke fester um sich. »Und nun geht die Saison zu Ende. Langsam wird's ungemütlich. Glaub mir, die Wintermonate werden noch einsamer.«

»Na und? Das stört mich nicht. Ich bin endlich angekommen. Hier gehöre ich her. Am Wasser entlang spazieren, auf das Meer schauen. Du ahnst nicht, wie frei ich mich dann fühle. Und es inspiriert mich auf magische Weise. Oft setze ich mich nach meinen Spaziergängen an meine Staffelei, und die Bilder entstehen fast wie von selbst«, schwärmte Simone. »Meine Arbeit in der Praxis gefällt mir ebenfalls. Es ist nicht zu viel und nicht zu wenig. Ich kann mir endlich Zeit nehmen für meine Patienten. Oft bleibt sogar noch Zeit für einen Klönschnack.«

»Aber als Klinikärztin in Hamburg hättest du definitiv mehr im Portmonee«, wandte Manuela ein.

Simone zuckte gelassen mit den Schultern.

»Mag sein. Aber auch wenn ich jetzt weniger Geld habe als früher, in meinem ganzen Leben habe ich mich noch nie so reich gefühlt wie jetzt.«

»Freut mich! Ich hatte befürchtet, dass dich dein neues Leben enttäuschen könnte. Manchmal hat man einen Traum, und wenn er sich erfüllt, stellt man fest, dass alles gar nicht so toll ist, wie man es erwartet hatte.«

»Kann passieren! Aber das ist das Risiko, was man eingehen muss, wenn man neue Wege gehen will.«

Manuela nickte.

»Stimmt natürlich.« Sie trank den Rest ihres Kaffees und schob mit den Füßen ihren Hocker beiseite. »War schön, mit dir zu schnacken. Jetzt muss ich wieder was tun. Ich wünsche dir einen schönen Strandspaziergang«, sagte sie, stand auf und fügte augenzwinkernd hinzu: »Tante Simone!«

»Tja, so ein Pech, liebe Nichte! Nun wollte ich dir gerade eine hammermäßige Neuigkeit erzählen. Aber solange du dieses blöde Tante-Wort nicht weglässt, schweige ich wie ein Grab. Selber schuld!« Gespielt arrogant hob sie ihr Kinn.

Neugierig riss Manuela die Augenbrauen hoch.

»Welche Neuigkeit?«

»Die, von der du nichts erfährst!«

»Okay!« Manuela wedelte wild mit ihren Händen und schmiss sich zurück in den Korbsessel. »Ich sage es nie wieder! Versprochen! Aber du weißt, ich bin die Neugierde in Person. Ich habe die Neugierde sozusagen erfunden. Also, leg los!«

»Deine Gäste, das Ehepaar Lenning aus Frankfurt, haben meine Bilder im Speisesaal gesehen. Sie haben vor kurzem ein Haus gekauft und möchten ihre beiden Gästezimmer im maritimen Stil einrichten. Deine Idee, meine Visitenkarten in der Rezeption auszulegen, war hervorragend. Sie haben mich tatsächlich angerufen. Nun habe ich meinen ersten Auftrag! Vier Bilder soll ich malen.«

»Wie genial ist das denn?«, stieß Manuela begeistert hervor, sprang auf und umarmte ihre Tante. »Herzlichen Glückwunsch! Das muss gefeiert werden! Heute Abend geht's ins Möwchen. Darauf musst du einen Lütten ausgeben. Oder zwei, oder drei. Da kommst du nicht drum herum.«

»Das habe ich mir schon gedacht«, erwiderte Simone lachend. »Aber ich muss bis morgen wieder nüchtern sein. Dann möchte ich einen langen, einen sehr langen Brief schreiben.«

»Einen Brief? An wen?«

»Ich habe dir doch erzählt, dass ich schon oft versucht habe, Jana Harjes zu erreichen.«

»Ach ja! Deine Freundin aus dem Knast.« Manuela kicherte.

»Genau die«, stimmte Simone zu. »Die ersten Male bin ich zwar durchgekommen, sie ging allerdings nicht ran. Bei meinen letzten Versuchen war die Nummer plötzlich nicht mehr erreichbar. Ehrlich gesagt mache ich mir Sorgen. Aber ich kann doch schlecht im Gefängnis anrufen. Ich habe ihr aber versprochen, sie wissen zu lassen, wie sich mein neues Leben anfühlt. Darum werde ich ihr nun schreiben. Den Brief schicke ich dann einfach ans Gefängnis und ...«

»Scheiße«, stieß Manuela plötzlich hervor und schlug sich mit der Hand gegen die Stirn. Dann sprang sie auf und eilte ins Haus. Simone sah ihr irritiert hinterher.

»Was hast du nun schon wieder vergessen?«, seufzte sie kopfschüttelnd. Sie trank ihren Kaffee aus und wollte gerade aufstehen, als Manuela wieder auftauchte.

»Habe ich vorgestern für dich angenommen.« Reumütig legte sie ihrer Tante ein Päckchen auf den Schoß. »Sorry, ich hab's total vergessen.«

»Ach? Schon vorgestern?« Sie warf ihrer Nichte einen ernsten Blick zu. Doch dann las sie den Namen des Absenders. »Es ist von Jana!« Schlagartig hellte sich ihre Miene auf. Manuela strahlte ebenfalls und reichte ihrer Tante eine Schere.

»Pack aus! Ich liebe Überraschungspäckchen!«

»Das ist aber nicht für dich.«

»Na und?«

»Mit anderen Worten: Ich soll es jetzt sofort öffnen?«

»Logo!«

»Sagtest du nicht, du hättest was zu tun?«

»Kann warten!«, erwiderte Manuela und setzte sich zu ihrer Tante auf die Bank. Simone löste die Klebestreifen, entfernte das Packpapier und hielt schließlich eine weiße Schachtel in den Händen. Sie hob den Deckel ab und blickte auf rote, grüne und blaue Glasscherben.«

Grimassenhaft verzog Manuela ihr Gesicht.

»Scheiße! Was immer es war. Es ist kaputt. Hätte deine Knast-Freundin aber auch etwas besser einpacken können.«

Simone schüttelte den Kopf.

»Da ist nichts kaputt«, erwiderte sie lächelnd. »Ganz im Gegenteil!« Sie nahm vorsichtig den Umschlag heraus, der zwischen den Scherben steckte, und öffnete ihn.

Liebe Simone,

zwölf Monate sind vergangen, seit wir uns zum letzten Mal sahen. Es ist viel geschehen seit jenem Tag – in meinem Leben, und ganz sicher auch in Ihrem.

Damals bin ich Ihnen eine Antwort schuldig geblieben. Es war nicht so, dass ich Ihnen nicht antworten wollte. Ich konnte es nicht! Doch heute kann ich es, wenngleich ich sicher bin, dass Sie die Antwort sowieso kennen. Ja, Sie hatten recht. Mein Mann schlug mich. Häusliche Gewalt gehörte zu meinem Leben. Mich daraus zu befreien, erschien mir damals undenkbar. Bitte seien Sie nicht böse, dass ich mich Ihnen nicht anvertraut habe. Es ging einfach nicht.

Sie sagten, dass Sie mich sofort mochten, als wir uns kennen lernten. Mir ging es umgekehrt genauso! Schnell wurden unsere Gespräche zu einer Kostbarkeit für mich. Sie ahnen nicht, wie viel Kraft ich daraus zog. Sie sagten, ich hätte Ihnen durch die dunkelste Zeit Ihres Lebens geholfen. Dies kann ich nur zurückgeben. Damals konnte ich Ihnen nicht sagen, wie wichtig auch Sie mir geworden waren. Meine Ehe hatte aus mir einen Menschen gemacht, der über seine Gefühle nicht reden konnte. Ich hatte es verlernt, weil meine Empfindungen in meiner Ehe nicht zählten. Auch mir selbst bedeuteten sie nichts mehr. Ich funktionierte, das reichte.
Leider gab es keine Familie oder Freunde, die mir helfen konnten. Ich hatte mich von allen entfernt, sie zurückgewiesen, bis sie schließlich aufgaben. Es war der Wunsch meines Mannes, sie aus meinem Leben zu streichen. Er mochte keinen von ihnen. Er hatte mich schließlich davon überzeugt, sie würden sich nur zwischen ihn und mir stellen wollen. Ich war verliebt und glaubte ihm. Damals war er noch nicht gewalttätig. Oder besser gesagt, er zeigte es nicht. Blind vor Liebe tat ich alles, was er von mir verlangte. Gab alles und jeden auf. Irgendwann hatte ich nur noch ihn. Wie allein ich war, wurde mir erst bewusst, als er begann, mich zu schlagen. Doch was sollte ich tun? Sollte ich die, denen

ich vor den Kopf gestoßen hatte, jetzt um Hilfe bitten? Ich schäm-
te mich. Hinzu kam dieses entsetzliche Gefühl der Erniedrigung.
Als Sie mir erzählten, was Sie Ihrem Mann angetan hatten, konn-
te ich sofort diesen Schmerz nachempfinden, der Sie dazu getrie-
ben hatte. Natürlich hätte es nicht passieren dürfen. Gewalt ist
niemals eine Lösung. Dennoch konnte ich es nachvollziehen.

Ich habe mich oft gefragt, warum Ihre Strafe nicht zur Bewäh-
rung ausgesetzt wurde. Eine Frau wie Sie! Es war Ihr erstes Ver-
gehen und Ihre Zukunftsprognose war hervorragend. Heute weiß
ich es! Es sollte so sein! Alles sollte so kommen, wie es gekom-
men ist. Ansonsten würden Sie wahrscheinlich noch heute in Ih-
rem Hamsterrad stecken. Sie hätten nichts in Ihrem Leben verän-
dert. Ihre Träume nicht wahrgemacht. Vielleicht muss man
manchmal erst durch die Hölle gehen, bevor man erkennt, was
wirklich wichtig ist.
Und ich? Was Sie mir zum Abschied sagten, ging mir nicht mehr
aus dem Kopf. Vor einiger Zeit habe ich es endlich geschafft.
Nach einem dieser Abende, an denen mein Mann mal wieder
meinte, seine Wut an mir auslassen zu müssen, bin ich gegangen.
Mitten in der Nacht! Wie ein Dieb bin ich davongeschlichen. Man
mag es feige nennen. Ist mir egal. Ich habe es getan. Nur das
allein zählt. Zunächst zog ich in ein Frauenhaus. Keine Sekunde
habe ich es bereut. Dort half man mir. Mittlerweile habe ich eine
kleine Wohnung und sogar eine Therapie begonnen, um alles zu
verarbeiten. Ich bin auf dem richtigen Weg!
Ich habe mir sogar eine Liste ausgedruckt, auf der all die Reede-
reien stehen, die für mich infrage kommen. Sie hängt an meinem
Kühlschrank. Nach meiner Therapie werde ich mich bewerben.

Es gibt da nämlich noch einen Traum, den ich mir erfüllen möch-
te. Doch eins nach dem anderen! Wichtig war der erste Schritt,
die nächsten folgten wie von selbst. Ich kann mich nicht erinnern,
wann ich mich zuletzt so kraftvoll, zuversichtlich und lebendig
gefühlt habe.

Sie sagten, Sie seien gespannt darauf, wie es für mich klingen
wird, wenn das Glas zerspringt – das Glas der Mauern in unse-
rem Kopf. Ich kann es Ihnen nicht sagen, weil ich wie benommen
war, als ich es zerschlug – benommen von der Kraft, die ich in
dem Moment spürte. Eine unbändige Kraft, die ich nicht in Worte
fassen kann. Wenn ich Ihnen auch den Klang nicht beschreiben
kann, so erkannte ich doch etwas! Als das Glas zerbrach, wurden
all die Farben sichtbar, die es in sich gefangen hielt. Erst in den
Scherben erkannte ich die Farben der Lebensfreude, Kraft und
Hoffnung. Die bunte Vielfalt des Lebens ist manchmal in jenen
gläsernen Mauern gefangen. Man muss den Mut haben, sie zu
zerschlagen, damit man sie wiederentdeckt. Dass ich den Mut
dazu gefunden habe, verdanke ich allein Ihnen!

Liebe Simone, ich würde Sie gerne besuchen, um Ihnen persön-
lich zu danken. Doch nicht nur das! Ich möchte Sie einfach gerne
wiedersehen. Ein gemeinsamer Spaziergang am Meer wäre toll.
Was meinen Sie? Dann können Sie mir erzählen, was Sie als In-
selärztin so erlebt haben. Natürlich möchte ich auch Ihre Bilder
sehen. Ganz bestimmt werde ich eines davon kaufen. Es erhält
einen Ehrenplatz in meiner Wohnung!

Die Telefonnummer, die ich Ihnen damals gab, ist nicht mehr
aktuell. Als ich im Frauenhaus wohnte, legte ich mir eine neue
Nummer zu. Ich werde Sie aber in den nächsten Tagen anrufen.

Dann können wir einen Termin abmachen, sofern auch Sie mich
wiedersehen möchten.
Vielleicht bis bald! Ich würde mich freuen!
Ihre Jana

Simone atmete tief durch und reichte ihrer Nichte den Brief.

»Lies selbst. Ich muss ihre Worte erstmal sacken lassen.«

»So schlimm?«, fragte Manuela vorsichtig.

»Nein, so schön! Ich glaube, ich brauche jetzt mehr denn je meinen Spaziergang am Meer. Anschließend kümmere ich mich um ein Geschenk für Jana.

»Hat sie Geburtstag?«

Abwägend wackelte Simone mit dem Kopf und schmunzelte.

»Wenn ich es mir recht überlege, kann man es so ausdrücken.«

»Was willst du ihr kaufen? Hast du eine Idee? So gut kennt ihr euch ja nun auch wieder nicht. In der Bromberger Straße hat ein uriger Geschenkeladen aufgemacht. Dort findest du bestimmt etwas Schönes.«

Simone schüttelte den Kopf.

»Danke für den Tipp. Aber ich werde ihr nichts kaufen. Ich möchte meiner neuen Freundin ein Bild malen.«

»Deiner neuen Freundin?«

»Ganz genau! So vieles hat in Janas und meinem Leben in letzter Zeit seinen Anfang gefunden, warum sollte es damals nicht auch der Beginn einer Freundschaft gewesen sein?«

»Aber Jana ist Anfang dreißig, du Anfang fünfzig. Knapp über zwanzig Jahren liegen zwischen euch. Ist das nicht ein bisschen viel?« Skeptisch sah sie ihre Tante an.

»Nein, warum? Freundschaft kennt keinen Altersunterschied. Wen interessieren die Jahre, die zwischen einem liegen? Darauf kommt es nicht an. Entweder man versteht sich, oder man versteht sich nicht. Und sollte eine solche Freundschaft nicht der berühmt-berüchtigten Norm entsprechen, stört mich das nicht im Geringsten.«

»Eine taffe Einstellung, liebes Tantchen!«, erwiderte Manuela und hob anerkennend den Daumen. »Was willst du für Jana malen? Hast du schon eine Idee?«

Simone nickte.

»Oh ja! Ich werde schilfbedeckte Dünen malen, das Meer und ...«, sie überlegte kurz, » ... und die Silhouette eines Kreuzfahrtschiffes am Horizont«, fügte sie lächelnd hinzu.

Beste Freunde

Sabrina bog in die ruhige Seitenstraße ein, parkte den Mietwagen direkt vor ihrem Elternhaus und löste den Gurt. Sie atmete tief durch und lehnte sich zurück. Nachdenklich betrachtete sie die kleinen Einfamilienhäuser mit ihren gepflegten Vorgärten und weißen Gartenzäunen. In den letzten vier Jahren hatte sich nicht viel in der beschaulichen Wohnsiedlung getan. Zumindest, was das Äußere betraf. Mit den Schicksalen der Menschen, die in dieser Straße lebten, sah es sicherlich anders aus. Sabrina wusste nur zu gut, was sich abspielen konnte, hinter den gepflegten Fassaden, die anscheinend genauso langsam bröckelten, wie die Fassade mancher Menschen. Als sie zu ihrem Elternhaus hinübersah, zog sich ihr Magen schmerzhaft zusammen. War das ein Zeichen? Sollte sie umkehren und jemanden beauftragen, all das zu regeln, was es zu regeln gab? Sie dachte kurz darüber nach. Doch dann schüttelte sie den Kopf. »Reiß dich zusammen«, murmelte sie bissig. »Du ziehst das jetzt durch.« Entschlossen stieg Sabrina aus und ging hinüber zu dem Haus, in dem sie aufgewachsen war. Als sie die Pforte zum Vorgarten aufschob, öffnete sich die Haustür und Richard, der Nachbar ihres Vaters, strahlte sie an.

»Ich habe Sie schon im Auto sitzen sehen, Sabrina. Herzlich willkommen in Hamburg! Wie schön, dass wir uns endlich wiedersehen.« Dann wurde er ernst und schluckte schwer. »Wenn auch aus einem traurigen Anlass«, fügte er seufzend hinzu und reichte ihr die Hand. »Mein herzliches Beileid.«

»Danke, Herr Dietz.« Sabrina nickte kurz und hob verwundert die Augenbrauen. »Habe Sie mich gerade gesiezt?«

»Natürlich! Sie sind schließlich nicht mehr das kleine Mädchen von früher. Da kann ich Sie doch nicht einfach ...«

»Doch, bitte!«, unterbrach sie ihn. »Schon mit Sechs habe ich Ihnen Äpfel vom Baum geklaut und Sie mit Klingelstreichen zur Weißglut gebracht. Sie duzen mich, seit ich denken kann. Ich käme mir komisch vor, wenn Sie es plötzlich nicht mehr täten.«

Richard stemmte gespielt ernst seine Hände in die Hüften.

»Du warst das also mit den Klingelstreichen!«

Sabrina lachte kurz auf.

»Das wussten Sie bereits nach dem ersten Mal. Aber danke, dass Sie mich immer glauben ließen, Sie wären nie dahintergekommen. So brachte es viel mehr Spaß.«

»Na, ich bin doch kein Spielverderber«, erwiderte er augenzwinkernd und machte eine einladende Handbewegung. »Wie lange lebt ihr schon in Kanada?«, fragte er, während sie ins Wohnzimmer gingen. »Sind's schon fünf Jahre?«

»Fast sieben!«

»Meine Güte, wie die Zeit vergeht«, seufzte er wehmütig. »Ich hoffe, es ist alles so, wie ihr es euch erträumt habt. Auszuwandern ist wirklich mutig.«

»Na ja«, abwägend wackelte sie mit dem Kopf, »ich gebe zu, ein wenig mulmig war uns schon. Doch Markus konnte das Angebot seines Chefs unmöglich ablehnen. Die alleinige Leitung für ein so großes Vertriebsbüro übernehmen zu dürfen, ist wirklich klasse. Dazu kommt, dass wir von Kanada schon immer begeistert waren. Wir hatten uns ziemlich schnell entschieden und es nicht bereut.«

»Es freut mich, dass ihr glücklich seid. Wo hast du deinen Mann gelassen? Er ist doch sicherlich mitgekommen, um an der Trauerfeier seines Schwiegervaters teilzunehmen.«

»Markus hat erst ab nächste Woche Urlaub. Er kommt nach. Das heißt, wenn er sich überwinden kann, in ein Flugzeug zu steigen. Er hat furchtbare Flugangst.«

»Tja, da muss er nun wohl durch«, erwiderte Richard schmunzelnd.

»Aber es stört mich nicht, dass ich zunächst allein hier bin. So kann ich alles in Ruhe erledigen.« Ihre Augen wanderten kurz über die Wohnzimmermöbel. Dann wandte sie sich wieder Richard zu. »Markus und ich werden noch zwei gemeinsame Wochen in Hamburg verbringen. Wir wollen seine Familie besuchen, uns mit einigen Freunden treffen und …«, sie räusperte sich und lächelte bitter, »… und natürlich möchte ich zum Grab meiner Mutter.«

Richard sah Sabrina mitfühlend an.

»Du vermisst deine Mutter sehr, nicht wahr?«

Sabrina nickte und atmete schwer durch.

»Zuletzt war ich vor drei Jahren zu ihrer Beisetzung hier. Es war schrecklich, als ich gestern landete. Dieses Gefühl, dass sie nicht mehr da ist …«

»Und nun hast du auch deinen Vater verloren. Es tut mir leid.« Liebevoll streichelte er über ihren Arm. Dann ließ er von ihr ab und sah sich traurig im Wohnzimmer um. »Ich habe nur seine geliebten Orchideen versorgt. Alles andere ist noch so, wie vor einer Woche als …« Richard schluckte und sah hinüber zu dem hellbraunen Ohrensessel, der am Fenster stand. »Du ahnst nicht, wie sehr mir dein Vater fehlt. Dort hat er immer gesessen. Es war sein Lieblingsplatz. Wenn meine Frau und ich am Haus vorbei spazierten, winkte er uns immer zu. Fast dreißig Jahre waren wir Nachbarn. Als meine Frau vor zwei Jahren starb, da …«

»Ihre Frau ist gestorben?«, unterbrach Sabrina ihn entsetzt. »Das wusste ich nicht. Mein herzliches Beileid.«

»Du wusstest es nicht? Dein Vater hat in seinen Briefen nichts davon erwähnt?« Verständnislos schüttelte er den Kopf. »Verstehe ich nicht. Na ja, … jedenfalls fiel ich nach Inges Tod in ein tiefes Loch. Fühlte mich wie von ständiger Dunkelheit umgeben. Ein Tag glich dem anderen. Ich zog mich zurück, ging kaum noch raus. Eines Tages stand dein Vater mit einem Schachspiel und einer Flasche Rotwein vor meiner Tür. Er fragte, ob wir eine Partie spielen und dabei ein Gläschen genießen. Ich lehnte ab. Am Tag darauf stand er erneut vor meiner Tür. Und wieder schickte ich ihn weg. Aber Werner gab nicht auf. Als er dann das dritte Mal auftauchte, gab ich mich geschlagen. Zum Glück, denn es folgten wunderbare Stunden, die mir wirklich guttaten.«

»Mein Vater konnte hartnäckig sein, wenn er sich etwas in den Kopf gesetzt hatte, nicht wahr?«

»Oh ja, das konnte er! Und er hatte sich nun mal in den Kopf gesetzt, mich aus meiner Dunkelheit zu befreien. Dieser verfluchte Sturkopf!« Gedankenverloren sah Richard ins Leere und lächelte. »Seit jenem Tag verbrachten wir immer öfter und immer mehr Zeit miteinander.«

»Aus langjährigen Nachbarn sind Freunde geworden«, erwiderte Sabrina berührt. »Beste Freunde sozusagen.«

»Na, sagen wir mal, zur Hälfte«, wandte Richard ein.

»Zur Hälfte?« Verblüfft hob Sabrina die Augenbrauen. »Wie meinen Sie das? Zur Hälfte?«

»Na ja, … ich hatte in deinem Vater meinen besten Freund gefunden. Aber ich bezweifle, dass er umgekehrt genauso empfunden hat.«

»Wie kommen Sie darauf? Warum soll er nicht so empfunden haben?«

Richard zuckte mit den Schultern.

»Vielleicht hätte er es irgendwann. Wer weiß? Doch dann tauchte plötzlich jemand auf, mit dem ich leider nicht mithalten konnte.« Seine Augen schimmerten feucht und er räusperte sich. »Bitte entschuldige, Sabrina. Dir ist schwer ums Herz, und ich rede nur von mir.« Entsetzt über sich selbst schüttelte er den Kopf.

»Das ist völlig okay! Erzählen Sie gerne weiter.«

»Vielleicht ein anderes Mal«, antwortete er traurig.

»Einverstanden, dann ein anderes Mal.« Sabrina streichelte sanft über seinen Unterarm. »Es freut mich, dass mein Vater für Sie da war ...« Sie machte eine bedeutungsvolle Pause und fügte schließlich leise hinzu: »Dass er Sie nicht im Stich gelassen hat, wie so manch anderen.« Dann wandte Sabrina sich ab und sah sich im Raum um. »Sie wissen sicherlich, was damals geschehen ist und werden verstehen, dass mich der Tod meines Vaters nicht sonderlich berührt. Ich bin gekommen, um mich von diesem Haus zu verabschieden. Hier bin ich aufgewachsen. Und lange war es auch das Zuhause meiner Mutter, bis mein Vater sie ...« Mit einer abweisenden Handbewegung unterbrach sie sich selbst. »Genug davon! Lassen Sie mich ein letztes Mal durch die Zimmer gehen. Mehr will ich nicht. Mit der Organisation der Beisetzung habe ich ein Institut beauftragt. Sobald ich weiß, wann mein Vater beerdigt wird, geben ich Ihnen Bescheid. Im Gegensatz zu mir möchten Sie sicherlich zur Trauerfeier gehen.«

Entsetzt sah Richard sie an.

»Du willst dich nicht von deinem Vater verabschieden?«

»Nein, ganz sicher nicht. Ich werde das Haus so schnell wie möglich verkaufen und dann mit der Vergangenheit abschließen.« Sie stemmte trotzig ihre Hände in die Hüften und sah sich im Wohnzimmer um. »Können Sie etwas von den Möbeln oder dem anderen Zeug gebrauchen? Nehmen Sie sich, was Sie wollen und …«

»Ob *ich* etwas gebrauchen kann? Willst du nicht erstmal schauen, ob es etwas gibt, was *dir* wichtig ist? Bestimmt gibt es Erinnerungsstücke, die dir viel bedeuten.«

»Nein, die gibt es nicht. Ich möchte mich auch nicht lange mit diesem Kram aufhalten.«

»Mit diesem Kram? Sabrina, was du hier siehst, ist das Leben deines Vaters. In 71 Jahren sammelt sich einiges an. Ich denke, es wird seine Zeit brauchen, bis du alles durchgeschaut hast.«

»Keine 24 Stunden, um genau zu sein. In fünf Tagen kommt jemand von einer Entrümplungsfirma. Leider kann er nicht eher. Der Herr wird sich umschauen und mir einen Kostenvoranschlag machen. Innerhalb von 24 Stunden ist alles entsorgt, das Haus besenrein und es kann zum Verkauf angeboten werden.«

»Ein Fremder wirft alles auf den Müll, geht einmal mit dem Besen durch, fertig? Einfach so? Erledigt ist der Fall?« Fassungslos sah Richard sie an. »Wo bleibt die Wertschätzung der Dinge, die deinem Vater einmal wichtig waren? Die zu seinem Leben gehörten. Wo bleibt das Gefühl?«

»Das Gefühl?« Sabrina lachte kurz auf. »Bei allem Respekt, Herr Dietz! Wo war sein Gefühl, als er damals meine schwerkranke Mutter rauswarf? Aus ihrem eigenen Haus! Niemals hätte ich für möglich gehalten, dass mein Vater sich so verhält. Aber so kann man sich täuschen.« Sie verschränkte die Arme vor ihrer Brust, ging zum Fenster hinüber und sah hinaus. »Es ist nur zu diesem *sogenannten*

Unfall gekommen, weil er sie im Stich gelassen hatte.« Die Verbitterung, die plötzlich in ihren Worten mitschwang, jagte Richard einen Schauer über den Rücken. Das war nicht die Sabrina, die er kannte.

»Wieso glaubst du noch immer, er hätte deine Mutter im Stich gelassen? Dein Vater hat dir doch alles erklärt. Oder hast du seinen letzten Brief nicht erhalten? Vor ungefähr vier Monaten hat er ihn geschrieben. Ich erinnere mich daran, weil …«

»Mag sein, dass ich ihn erhalten habe«, unterbrach sie ihn. »Aber seine Briefe wanderten ungeöffnet in die Tonne.«

Richard schluckte.

»Dein Vater litt schrecklich unter dem, was damals geschehen war. Ich kannte zunächst auch nicht die ganze Wahrheit. Doch nachdem er mir sein Herz ausgeschüttet hatte, überredete ich ihn, dir zu schreiben.«

Sabrina winkte ab.

»Er schrieb mir andauernd. Nicht einen einzigen seiner Briefe habe ich geöffnet. Wozu? Ich habe sie weggeschmissen.«

»Du hast sie weggeschmissen? Alle? Auch den letzten?«

»Nicht ein einziger dieser Briefe hätte irgendwas ändern können. Hätte mir einer von ihnen meine Mutter zurückgebracht? Lassen Sie uns also nicht mehr darüber reden. Was er geschrieben hat, interessiert mich nicht. Das tat es damals nicht, und das tut es auch heute nicht.«

»Entschuldige«, seufzte Richard resignierend. »Es geht mich ja auch nichts an.«

»Sie brauchen sich nicht zu entschuldigen, Herr Dietz. Sie meinen es nur gut. Das weiß ich. Aber kommen wir aufs Wesentliche zurück. Kennen Sie jemanden, der die Möbel oder sonst irgendetwas gebrauchen kann? Also ... ich meine ... falls Sie kein Interesse haben. Noch ist Zeit, bevor der Container anrauscht.«

Richard überlegte kurz.

»In der Nachbarschaft wurde vor kurzem ein Hausflohmarkt veranstaltet. Die Leute sind fast alles losgeworden. Vielleicht sollten wir so etwas machen.«

»Ein Hausflohmarkt?« Interessiert kräuselte sie die Stirn. »Keine schlechte Idee! Den Erlös könnten wir einem wohltätigen Zweck spenden. Lässt sich so etwas kurzfristig organisieren?«

»Natürlich! Meine Schwester Martha wird begeistert sein. Flohmärkte sind ihr Hobby. Sie ist zwar noch fünf Jahre älter als ich, geht haarscharf auf die Achtzig zu, ist aber im Kopf immer noch fit wie ein Turnschuh. Und dazu noch ein wahres Verkaufsgenie. Sie bringt alles an den Mann! Glaub mir, die Leute werden den Flohmarkt mit vollen Taschen und leerem Portmonee verlassen. Die kaufen Dinge, von denen sie gar nicht wussten, dass sie sie brauchen.«

»Na, das hört sich doch perfekt an. Dann mal los! Überbringen Sie Ihrer Schwester die gute Nachricht. Sie darf sich hier nach Herzenslust austoben. Ich verkaufe nicht besonders gut, aber ich werde sie unterstützen, so gut ich kann.«

Bereits drei Tage später war es soweit. Sabrinas Freundinnen hatten kräftig mit angepackt. Bücher, Schallplatten, Bilder, Küchenutensilien, alles war übersichtlich zusammengestellt und mit Preisen versehen. Die ersten Interessenten ließen nicht lange auf sich warten. Sogar Sabrina verkaufte das ein oder andere Stück. ›Wenn es so weitergeht, bleibt der Container leer‹, dachte sie, während sie in die Küche ging. Eine kurze Pause hatte sie sich mehr als verdient.

Sabrina schenkte sich einen Kaffee ein und machte es sich auf der breiten Fensterbank gemütlich. Wie oft hatte sie als Kind hier gesessen, während ihre Mutter den legendären Kirschkuchen buk. Gedankenverloren fuhr sie mit den Fingerspitzen über den kühlen Marmor. Sie stutze. Hinter der Gardine entdeckte sie einen silbernen Bilderrahmen. Sabrina nahm den Rahmen und betrachtete den Golden Retriever auf dem Foto. Er hatte ein dickes, gelocktes Fell und saß neben einer weißen Holzbank. Wie es aussah, war das Bild in einem Park aufgenommen worden. »Na, du bist ja eine richtige Schönheit«, murmelte sie. »Du solltest hier nicht so achtlos herumliegen.« Kurz entschlossen hüpfte sie von der Fensterbank und ging zum Tisch hinüber. Auf einen kleinen Zettel schrieb sie ›3 € für diese Schönheit‹, nahm einen Klebestreifen und brachte den Preis am Rahmen an.

»Du meine Güte, Martha«, stieß Sabrina überrascht hervor, als sie ins Wohnzimmer kam. Sie deutete, mit dem Rahmen in der Hand, auf die Kommode, wo kurz zuvor noch unzählige Bilder standen. »Wo sind die alle hin?«

»Alle verkauft«, erwiderte Richards Schwester stolz und stemmte die Hände in die Hüften. Sabrina hob anerkennend den Daumen.

»Klasse! Hier ist noch ein Bild. Für nur schlappe drei Euro«, erklärte sie und trat an die Kommode heran.

»Moment!«, wandte Martha ein, zog ein weiches Tuch aus ihrer Hosentasche und polierte kurz über das dunkle Eichenholz. »Sauberkeit ist wichtig. Wenn's glänzt wird eher gekauft.« Dann nahm sie Sabrina den Rahmen ab und platzierte ihn direkt unter einem Bild, welches noch an der Wand hing. »Mal schauen, vielleicht kann ich sie zusammen verkaufen. Dann klingelt's in der Kasse! Mein

Bruder erzählte mir, dass der Erlös gespendet wird. Darf ich fragen, wohin das Geld geht?«

»An das Blaue Kreuz.«

»Das Blaue Kreuz?« Irritiert kräuselte Martha die Stirn. »Sagt mir nichts.«

»Es ist ein Suchthilfeverband. Meine Mutter war ... sie war Alkoholikerin.«

»Das tut mir leid«. Martha sah sie mitfühlend an. »Eine solche Krankheit belastet die ganze Familie.«

»Stimmt! Allerdings wusste ich lange nichts davon. Sie begann zu trinken, als ich bereits in Kanada lebte. Erst als, ... also ich erfuhr erst davon, kurz bevor ...« Sabrina schüttelte den Kopf. »Lassen wir das! Es ist eine lange Geschichte, über die ich jetzt nicht reden möchte. Auf jeden Fall möchte ich mit der Spende die wertvolle Arbeit des Suchthilfeverbandes unterstützen. Die Mitarbeiter dort leisten so unendlich viel. Sie helfen nicht nur den alkoholkranken Menschen, sondern sind auch für deren Angehörige da. Dort findet man Hilfe und Unterstützung. Ich wünschte mir, meine Mutter hätte dort um Hilfe gebeten. Wer weiß, vielleicht wäre dann alles anders gekommen.«

Martha nickte.

»Das kann sein. Aber es ist sicherlich nicht so einfach, die Kraft aufzubringen, dort hinzugehen.«

»Ganz sicher nicht«, seufzte Sabrina. »Aber es ist der richtige Weg! Darum möchte ich spenden. Vielleicht ist es nur ein Tropfen auf dem heißen Stein. Aber besser als nichts. Also müssen wir so viel wie möglich verkaufen, damit Geld in die Kasse kommt.«

»Worauf Sie sich verlassen können«, versprach Martha, streichelte Sabrina liebevoll über den Rücken und deutete zur Tür. »Sehen Sie die Frau dort drüben? Das ist Gerda Wieste, eine Bekannte von mir. Bei ihr sitzt das Portmonee immer recht locker. Und sie liebt Hunde! Die schnapp ich mir jetzt! Das Bild, das Sie gerade brachten, ist so gut wie verkauft. Versprochen!« Verschwörerisch zwinkerte sie Sabrina zu und machte sich auf dem Weg zu ihrem ›Opfer‹.

Erst gegen Abend löste sich der Flohmarkt allmählich auf. Nachdem der letzte Kunde gegangen war, verabschiedete sich auch Martha.

»Möchtest du auch eine Tasse Pfefferminztee?«, fragte Richard und sah zu Sabrina rüber, die am Küchentisch saß und die Einnahmen zählte.

»Ja, sehr gerne. Vorausgesetzt, man hat uns noch zwei Tassen übrig gelassen«, scherzte sie und gähnte.

»Na, das hoffe ich doch!« Richard lachte kurz auf. Er holte zwei Becher aus dem Schrank, hing Teebeutel hinein und goss heißes Wasser drüber. »Wir sind viel losgeworden. Werners Sachen sind in gute Hände gekommen. Das freut mich«, sagte Richard und stellte die Becher auf den Tisch. Der Duft des Pfefferminztees ließ Sabrina den Kopf heben.

»Da werden Erinnerungen wach«, seufzte sie und lächelte versonnen. »Meine Eltern liebten diesen Tee. Mit dem Duft bin ich aufgewachsen.«

»Aha«, erwiderte Richard überrascht.

»Wieso ›Aha‹?«

»Also gibt's in diesem Haus doch Erinnerungsstücke! Wenn es auch keine sind, die du ins Auto laden kannst. Dafür sind es anscheinend welche, die du im Herzen trägst.«

»Na ja, ... okay ... ein paar gibt's schon«, gestand sich Sabrina kleinlaut ein. Da drüben zum Beispiel«, sie zeigte hinüber zum Türrahmen, an dem man beim genauen Hinsehen eine kleine Kerbe entdecken konnte, »dort musste ich mich als Kind mal kerzengerade an den Rahmen stellen. Mein Vater hatte dann in der Höhe, direkt über meinem Kopf, eine Kerbe ins Holz geritzt. Bis zu meinem 18. Geburtstag wollte er mich regelmäßig messen und jedes Mal eine Kerbe ins Holz ritzen. Er meinte, es wäre eine schöne Erinnerung, wenn ich irgendwann nicht mehr bei ihnen wohnen würde. Meine Mutter war von der Idee allerdings nicht so begeistert. Sie ist ausgeflippt vor Wut. Darum blieb es bei dieser einen Kerbe.« Sabrina sah gedankenverloren ins Leere und schmunzelte. Dann wandte sie sich Richard zu. »Und, wie ist es mit Ihnen? Haben Sie etwas gefunden? Etwas zur Erinnerung meine ich?«

Er nickte, stand auf und ging zum Fenster.

»Das kann doch nicht sein«, murmelte er. »Ich habe ihn hier hingelegt. Ganz sicher.«

»Wovon reden Sie?«

»Ich habe einen Bilderrahmen auf die Fensterbank gelegt. Eigentlich wollte ich ihn zu mir rüberbringen. Aber es war so viel los, darum legte ich ihn hinter die Gardine, damit er nicht wegkommt.«

»Den Rahmen mit dem Hund?«, fragte Sabrina vorsichtig.

»Hast du ihn gesehen?« Erleichtert schlug er die Hände zusammen. »Gott sei Dank! Dann muss ich ihn wohl doch woanders hingelegt haben.«

»Nein, er lag dort. Aber ich habe ihn Ihrer Schwester gegeben. Sie hat ihn verkauft.«

»Ihn verkauft?«, stieß er entsetzt hervor. »Sie hat ihn verkauft?«

Sabrina nickte.

»Es tut mir leid. Ich konnte doch nicht ahnen, dass Sie ihn dort hingelegt hatten. Was ist denn an diesem Rahmen so besonders?«

»Es ist nicht der Rahmen. Es ist das Foto. Das weißt du ganz genau! Ich hoffe sehr, es hat dir Freude bereitet, es zu verschachern.« Richards Stimme klang plötzlich ungewohnt schroff. »Erzähle mir nicht, du wüsstest nichts von ihm.«

»Von wem? Von dem Hund?«

»Ja, natürlich!«

»Es tut mir leid. Ich weiß nichts von einem Hund. Woher auch?« Richard kräuselte die Stirn.

»Hast du denn wirklich nicht einen einzigen Brief deines Vaters gelesen? Das kann ich nicht glauben.«

Sabrina hob die Augenbrauen.

»Aber ich sagte Ihnen doch, dass ich alle ungeöffnet weggeschmissen habe.«

Ungläubig starrte Richard Sabrina an. Dann atmete er schwer durch und setzte sich.

»Ach Kind«, seufzte er und schüttelte den Kopf, »warum hast du das getan? Warum hast du seine Briefe nicht gelesen?«

»Dann hätte ich von diesem Hund erfahren? Na und?«

»Du hättest die Geschichte von ihm und deinem Vater gekannt. Doch darum geht's mir gar nicht. Mir ist gerade etwas ganz anderes klargeworden. Nun verstehe ich, warum du so verbittert bist. Nun verstehe ich, weshalb du deinem Vater nicht die letzte Ehre erweisen möchtest.« Seine Stimme klang plötzlich sonderbar ruhig. Traurig sah er Sabrina an. »Immer wieder habe ich Werner ermutigt, dir zu schreiben. Auch wenn er die Hoffnung auf eine Antwort längst verloren hatte. Er zögerte manchmal, dir zu schreiben. Ich glaube, Werner hatte Angst, dich mit seinen Briefen zu belästigen. Irgendwann schlug ich ihm vor, dich anzurufen, mit dir über alles zu reden. Er befürchtete jedoch, du würdest dich überrumpelt fühlen. Seine Angst war zu groß, dadurch noch mehr zwischen euch kaputt zu machen.«

»Noch mehr?«, stieß Sabrina hervor und lachte kurz auf. »Noch mehr ging nicht. In dem Augenblick, als er meine Mutter aus dem Haus warf, machte er bereits alles kaputt.«

»Er hat sie nicht aus dem Haus geworfen.«

»Oh doch! Ich erinnere mich sehr gut an den Tag, an dem sie anrief und es mir erzählte.«

»Dein Vater hatte sie darum gebeten, dir diese Fassung zu erzählen.«

»Diese Fassung? Gibt's noch eine andere?«, erwiderte Sabrina schnippisch.

»Ja, es gibt noch eine andere. Es gibt noch die Wahrheit. Im letzten Brief deines Vaters stand, was wirklich geschehen war. Darum wollte ich wissen, ob du ihn gelesen hast.« Er sah sie fragend an. »Soll ich dir erzählen, was in jenem Brief stand?« Sabrina nickte unsicher. »Du hast deine Mutter abgöttisch geliebt«, fuhr Richard fort. »Sie war dein großes Vorbild. Für dich war sie die Aufrichtigkeit in Person. Dein Vater wollte nicht, dass das zerstört wird. Aber er dachte auch an deine Mutter. Sie hatte schon genug zu kämpfen. Werner befürchtete, dass sie deine Zuneigung verliert. Das hätte sie nicht verkraftet.«

»Warum hätte sie meine Zuneigung verlieren sollen?«

»Weil deine Mutter fast ein Jahr lang vor ihrem Tod eine Affäre hatte. Sie hat deinen Vater betrogen.« Eine erdrückende Stille trat ein. Sabrina starrte Richard an, als verstünde sie nicht. »Sie hatte den Kerl in einer Kneipe kennen gelernt«, erzählte Richard weiter.

»Während Werner verzweifelt versuchte, deine Mutter vom Alkohol wegzubekommen, war der andere nur allzu bereit, mit ihr zu trinken. Schon allein deshalb fühlte sie sich zu ihm hingezogen. Für sie war es der berühmte Weg des leichtesten Widerstandes. Ein Weg, den wir wohl alle gerne mal beschreiten.«

Verzweifelt schüttelte Sabrina den Kopf.

»Das – ist – nicht – wahr«, zischte sie zwischen zusammengebissenen Zähnen. »Meine Mutter hätte meinen Vater niemals betrogen.«

»Doch, das hat sie.« Mitfühlend sah er sie an. »Ich weiß, dass sie ein feiner, liebevoller Mensch war. Schließlich kannte ich sie lange genug. Fast dreißig Jahre verband uns eine wunderbare Nachbarschaft. Doch der Alkohol hatte viel in ihr zerstört, einen anderen Menschen aus ihr gemacht. Eines Abends, nachdem Werner eine Flasche Wodka im Wäschekorb gefunden und vor ihren Augen weggegossen hatte, schrie deine Mutter ihn an. Sie prügelte auf ihn ein. In ihrer Wut erzählte sie ihm von der Affäre. Anschließend packte sie ihren Koffer und ging.«

Sabrina schluckte schwer.

»Und dann?«

»Am Tag darauf holte sie ihre restlichen Sachen. Sie sagte deinem Vater, dass sie ihn verlassen und bei dem anderen einziehen würde. Sie sagte auch, dass sie es dir erzählen würde. Doch Werner bat sie innständig, dir zumindest ihre Affäre zu verschweigen.«

»Warum?«

»Weil er wusste, wie sehr du deine Mutter liebst und achtest. Du solltest nicht schlecht über sie denken. Doch irgendwie musste man dir ihren spontanen Auszug erklären. Du hast oft angerufen und wärst schnell dahintergekommen, dass sie hier nicht mehr wohnt. Also bat Werner deine Mutter, dir zu gestehen, dass sie trinkt und er sie deswegen rausgeworfen hätte. Und sie sollte dir sagen, dass sie zunächst bei einem guten Bekannten untergekommen sei. Später hätte deine Mutter dir dann erzählt, dass die beiden sich nähergekommen seien. Dass das schon lange vorher der Fall war, solltest du niemals erfahren.«

»Also hat mein Vater sie nicht rausgeworfen? Sie hat ihn verlassen? Dann war es tatsächlich ein Unfall? Ich glaubte, meine Mutter sei nicht damit fertiggeworden, dass er sie vor die Tür gesetzt hatte. Ich war sicher, sie hätte sich aus Verzweiflung das Leben genommen.«

»Nein, dein Vater hat keine Schuld daran. Nur wenige Tage nachdem deine Mutter bei diesem Mistkerl eingezogen war, schmiss er sie wieder raus – mitten in der Nacht«, erklärte Richard. »Hätte sie deinen Vater in jener Nacht angerufen, er wäre sofort da gewesen. Sie hätte auch zu ihm kommen können. Seine Tür stand für sie immer offen! Ob es ein Unfall war, oder ob deine Mutter absichtlich ihren Wagen von der Straße abkommen ließ«, Richard zuckte hilflos mit den Schultern, »ich kann's dir nicht sagen. Aber du weißt, dass die Polizei von einem Unfall ausgeht. Deine Mutter war stark angetrunken.«

»Ja, ich weiß. Aber ich glaubte, sie hätte wegen meines Vaters getrunken, und dann sei es zu einer Kurzschlussreaktion gekommen.« Richard schüttelte verständnislos den Kopf.

»Wie oft habe ich Werner gebeten, dir endlich die Wahrheit zu sagen. Aber ich brauche wohl nicht zu erwähnen, von wem du deinen Dickschädel hast. Er hatte sich in den Kopf gesetzt, das Bild, das du von deiner Mutter hast, nicht zu zerstören. Er wusste, dass es dir furchtbar weh tun würde.«

»Was ich von ihm hielt, war ihm völlig egal?«

»Natürlich nicht! Er hatte große Angst davor, dass du ihn hassen könntest. Doch seine Liebe zu dir war größer. Er wollte dich schützen.«

»In seinem letzten Brief schrieb er mir dann aber doch, was wirklich geschehen war«, sagte sie leise, mehr zu sich selbst als zu Richard.

»Ja, das tat er. Er litt sehr darunter, dass du nichts mit ihm zu tun haben wolltest. Darum bekniete ich ihn immer und immer wieder, dir endlich die Wahrheit zu sagen. Ich ließ nicht locker. Auch ich kann ein ziemlicher Dickschädel sein. Tatsächlich hatte ich ihn dann irgendwann so weit. Er schrieb dir jenen letzten Brief.«

Sabrina lehnte sich zurück und atmete schwer durch.

»Das muss ich erstmal alles sacken lassen. Mit allem möglichen hätte ich gerechnet, aber nicht damit.«

»Das kann ich gut verstehen. Ich möchte aber noch kurz auf den Hund zurückkommen«, fuhr Richard fort. »Ich bin sicher, dass er dir in einem seiner Briefe von Rainbow erzählt hat.«

»Rainbow? So heißt er?« Ihre Stimme klang müde und traurig.

Richard nickte.

»Der Hund ist Werner bei einem Spaziergang im Park zugelaufen. Er trug keine Marke, war total abgemagert und sah erbärmlich aus. Werner brachte ihn ins Tierheim. Einige Tage später erkundigte er sich nach ihm und erfuhr, dass sich niemand gemeldet hatte. Niemand schien dieses Tier zu vermissen. Von da an besuchte Werner ihn täglich und als es Rainbow besserging, nahm er ihn zu sich. Sie waren unzertrennlich. Zwei einsame Seelen hatten sich gefunden.«

Sabrina schüttelte den Kopf und sah Richard liebevoll an.

»Mein Vater war keine einsame Seele. Er hatte Sie, seinen besten Freund!«

»Ich wünschte mir, es wäre so«, seufzte Richard wehmütig. »Ich habe mich oft gefragt, ob ich für ihn mehr war als der nette Nachbar von nebenan. Aber ich glaube es nicht. Ich war eben nur ein Nachbar, der mit ihm Schach spielte, zum Wochenmarkt spazierte und über das Leben philosophierte. Vielleicht hätte er mich irgendwann als seinen besten Freund gesehen. Doch dann kam Rainbow, der sein Herz im Sturm eroberte.«

»Rainbow«, wiederholte Sabrina. »Wie kam das Tierheim auf diesen Namen? Ich nenne einen Hund doch nicht ›Regenbogen‹. Obwohl ich zugeben muss, dass es sich auf Englisch gar nicht mal schlecht anhört.«

Richard schüttelte den Kopf.

»Das Tierheim hatte nichts damit zu tun. Dein Vater hat ihn so getauft.«

»Mein Vater?« Überrascht hob Sabrina die Stirn. »Wie kam er auf diese verrückte Idee?«

»Das habe ich ihn auch gefragt«, erwiderte Richard grinsend. »Werner erzählte mir, dass er einmal in einem Gedicht gelesen hätte, ein Freund sei wie ein Regenbogen an dunklen Tagen. Ein Freund bringe Farbe in dein Leben, wenn dich Dunkelheit umgibt. Und da dieser Hund ihm durch die dunklen und traurigen Tage half, hätte er ihm diesen Namen gegeben. Allerdings fand er die englische Bezeichnung schöner, daher also ›Rainbow‹. Eines Tages erzählte er mir dann, dieses Tier sei zu seinem besten Freund geworden.«

»Ihn meinten Sie also, als Sie sagten, jemand sei ›dazwischengekommen‹. Jetzt verstehe ich es. Aber wo ist Rainbow jetzt? Wieder im Tierheim?«

Richard schluckte.

»Rainbow ist tot. Werner ließ ihn bei den Spaziergängen oft frei im Park laufen. Dabei hat er wahrscheinlich einen vergifteten Köder gefressen. Werner brachte ihn sofort zum Tierarzt, doch der konnte nichts mehr für ihn tun. Deinem Vater brach es das Herz. Seitdem war dieses Bild von Rainbow sein ein und alles. Verstehst du jetzt, weshalb ich es nicht weggeben wollte?«

»Und ich habe es für drei Euro verschachern lassen.« Fassungslos schüttelte sie den Kopf.

»Mach dir keine Vorwürfe. Du konntest es doch nicht wissen, Sabrina.«

»Ihre Schwester kennt die Frau, die es gekauft hat. Bestimmt weiß sie, wo diese Dame wohnt. Ich werde einfach hingehen und …«

»Nein, das musst du nicht. Ich trage viele wunderbare Erinnerungen in meinem Herzen, die mir niemand nehmen kann. Dieses Bild von Rainbow war mir wichtig, weil es deinem Vater wichtig war. Für ihn wollte ich es in Ehren halten. Aber nun ist es eben, wie es ist.«

»Haben Sie es meinem Vater jemals gesagt?«

»Was soll ich ihm gesagt haben?«

»Wie nah Sie ihm standen. Wie Sie empfanden.«

»Um Gottes Willen! Hätte ich ihm etwa sagen sollen, dass ich eifersüchtig war – eifersüchtig auf einen Hund? Er hätte mich ausgelacht.« Richard winkte ab. »Schluss jetzt! Lass uns nicht mehr darüber reden. Das Bild ist weg, daran ist nichts mehr zu ändern. Es war ein langer Tag. Ich bin müde und würde jetzt gerne nach Hause gehen. Ist das in Ordnung für dich? Kann ich dich alleine lassen mit all dem, was du erfahren hast.« Besorgt sah er sie an.

»Natürlich, alles gut. Ich komm klar.« Sie warf einen Blick auf die Uhr. »Es ist spät geworden. Ich werde die Uhrzeit nutzen und Markus anrufen. Dort ist es jetzt kurz nach Mittag. Mal hören, wie es ihm geht. Bei der Gelegenheit kann ich ihm von dem Bilderrahmen erzählen und beichten, was für einen Mist ich gebaut habe.«

»Wo bist du eigentlich untergekommen? Bei deinen Schwiegereltern?«, fragte Richard.

»Nein, sie haben nicht genügend Platz. Momentan wohne ich bei meiner Freundin Monika. Wenn Markus hier ist, werden wir allerdings in einem Hotel wohnen.« Sabrina zog eine Grimasse. »Er kann nicht so mit Monika.«

Die halbe Nacht hatte Sabrina wachgelegen. Was sie über ihre Mutter erfahren hatte, war für sie nur schwer zu verstehen. Doch auch die Sache mit dem Bilderrahmen ließ ihr keine Ruhe. Direkt nach dem Frühstück erkundigte sie sich bei Richards Schwester nach der Adresse von Gerda Wieste. Vielleicht würde sie ihr den Rahmen zurückgeben? Einen Versuch war es wert. Darum machte sich Sabrina auf den Weg zu ihr. Gerda kniete in ihrem Blumenbeet und zupfte Unkraut, als Sabrina eintraf.

»Guten Morgen, darf ich Sie kurz stören?«, fragte Sabrina und blieb am Zaun stehen. Die alte Dame sah auf.

»Moin Moin heißt es bei uns in Hamburg!«, erwiderte sie und grinste. »Bist wohl nicht von hier, was?« Schwerfällig erhob sie sich und rieb sich am Pullover den Schmutz von den Händen. »Wie kann ich dir helfen, mein Deern?«, fragte sie, während sie auf Sabrina zukam. »Hast dich bestimmt verfranzt. Willst den Weg zum neuen Einkaufszentrum wissen. Dauernd werde ich danach gefragt und …« Plötzlich kniff sie ihre Augen zu schmalen Schlitzen zusammen und stemmte ihre Hände in die Hüften. »Wir kennen uns doch? Wo und wann hab ich dich schon mal gesehen?«

»Gestern Mittag auf dem Flohmarkt. Ich bin Sabrina Westhoff.«

»Genau! Du hast den Haushalt von Vaddern aufgelöst. Martha hat's erzählt.«

Sabrina nickte.

»Ich würde gerne mit Ihnen über das Bild sprechen, das Sie gekauft haben.«

»Der Golden Retriever?«

Sabrina nickte erneut und verzog schuldbewusst ihr Gesicht.

»Ich habe Mist gebaut! Dieses Bild ... es sollte gar nicht verkauft werden.«

»Und nu? Nu willste das zurück? Aber das ist doch nur 'n Rahmen mit 'n Hund.«

»Nein, es ist viel mehr als das. Zumindest für Marthas Bruder.«

»Für Richard?« Gerda hob die Augenbrauen. »Wieso für Richard?«

»Ihm ist dieses Bild so wichtig, weil der Golden Retriever, der darauf zu sehen ist, meinem Vater sehr viel bedeutete. Ich weiß, dass hört sich komisch an, aber ...«

»Neee, das tut's nicht, mein Deern. Wenn man das Zeitliche gesegnet hat, fliegt meistens alles auf 'n Müll. Da braucht man sich nix vorzumachen. Ist doch schön, dass es auch noch Menschen gibt, die das ein oder andere in Ehren halten.«

»Bedeutet das, Sie geben es mir zurück? Das Geld habe ich dabei.«

»Natürlich kriegst du's zurück. Aber das Geld lässt du stecken! Ich geh rein und hol das Bild.«

»Ich danke Ihnen«, rief sie der alten Dame noch hinterher, als diese sich sofort auf den Weg ins Haus machte.

Einige Minuten vergingen, bis Sabrina sie wieder herauskommen sah – mit leeren Händen.

»Tja, wir haben ein Problem«, erklärte sie, als sie vor Sabrina stand. »Weißt du, mein Deern, ich geh zu diesen Haushaltsauflösungen, um nach Kostbarkeiten für meinen Sohn zu stöbern. Wenn du verstehst, was ich meine?«

»Nein«, Sabrina schüttelte den Kopf. »Ehrlich gesagt, verstehe ich kein Wort.«

»Mein Junge hat einen Trödelladen, so'n An- und Verkauf. Er ist mit seinem Trödel aber auch regelmäßig auf Flohmärkten. Heute Morgen war er bei mir und hat die Sachen mitgenommen, die ich bei den letzten Haushaltsauflösungen erstanden hatte. Leider hat Karsten auch den Rahmen mitgenommen.«

»Mist«, stieß Sabrina hervor und entschuldigte sich sofort. »Tut mir leid. Sie können ja nichts dafür. Ich hatte mich nur so darauf gefreut, Richard das Bild geben zu können.«

»Nu wirf man nicht so fix die Flinte ins Korn, mein Deern! Karsten ist von hier aus direkt zum Flohmarkt gefahren. Flohdom Bahrenfelder Trabrennbahn! Da hat mein Junge seinen festen Platz.«

»Meinen Sie, es macht Sinn, wenn ich dort hinfahre?«

Gerda nickte.

»Na klar! Aufgeben gibt's nicht! Ich hab schon versucht, Karsten zu erreichen. Leider hört er mal wieder sein Handy nicht. Typisch! Aber mich belehren, dass ich ein Hörgerät brauche. Das sind mir die Richtigen!«, schimpfte sie gespielt energisch. »Am besten fährst du sofort los. Sind nur zehn Minuten von hier. Und ich versuche, Karsten an die Strippe zu kriegen. Seinen Stand findest du vor dem Gebäude der Trabrennbahn. So in der Höhe der Buchstaben ›Trabrennbahn Bahrenfeld‹, die übern Eingang angebracht sind. Da steht mein Junge mit seinen stolzen 1,90 und seinem feuerroten Lockenkopf. Er ist nicht zu übersehen!«

»Bei der exzellenten Beschreibung, werde ich ihn ganz sicher finden«, erwiderte Sabrina grinsend.

»Brauchst gar nicht so zu grinsen, mein Deern. Was meinste, was da für'n Gewusel ist. Da kommt man schnell in Tüddel.«

»Sie haben ja recht, Frau Wieste. Ich danke Ihnen für Ihre Mühe. Die beiden Frauen verabschiedeten sich voneinander und Sabrina machte sich auf den Weg zur Rennbahn.

Es war voll auf dem Flohmarkt. Genervt schob sich Sabrina durch die Menschenmassen und atmete erleichtert auf, als sie Karstens roten Lockenkopf entdeckte. Seine Mutter hatte nicht übertrieben, weder bei der Haarfarbe noch was seine Größe betraf. Karsten unterhielt sich mit einer Frau, die sich für einen antiken Lampenschirm interessierte. Sabrina ging auf den Stand zu, trat an den Tisch heran und begann, zwischen all dem Trödel nach ihrem Rahmen zu suchen.

»Moin! Kann ich helfen oder schauen Sie nur?«, hörte sie plötzlich jemanden fragen und sah hoch.

»Oh, ich hoffe sehr, dass Sie mir helfen können«, antwortete Sabrina. »Sie sind meine letzte Rettung. Ihre Mutter hat mir gesagt, dass ich Sie hier finde. Ich bin ...«

»Sie sind Frau Westhoff, stimmts?«, fiel er ihr ins Wort. »Es geht um das Bild vom Golden Retriever. Muddern rief gerade an und erzählte davon. Leider muss ich Sie enttäuschen. Ich habe den Rahmen verkauft.«

»Nicht wirklich, oder?« Sabrina verzog schmollend das Gesicht. »Wissen Sie zufällig an wen?«

Karsten lachte laut auf.

»Machen Sie Witze? Wenn ich mir von jedem Käufer erst den Personalausweis zeigen lassen würde, hätte ich viel zu tun.«

»Tja, das war's dann wohl.« Enttäuscht zuckte sie mit den Schultern. »Trotzdem vielen Dank.« Sie nickte Karsten kurz zu und verließ den Flohmarkt.

Die folgenden Tage verbrachte Sabrina damit, sich nun doch um das ein oder andere zu kümmern, was die Trauerfeier betraf. Und sie hatte sich dazu entschieden, ihren Vater auf seinem letzten Weg zu begleiten. Nach all dem, was sie erfahren hatte, war es das einzige, was sie noch für ihn tun konnte. Sie hatte ihm verziehen, sofern es überhaupt etwas zu verzeihen gab. Was sie bedauerte, war, ihm das nicht mehr sagen zu können.

Sabrina besuchte auch das Grab ihrer Mutter. Sie pflanzte frische Blumen, stellte eine Kerze auf und merkte mit Erleichterung, dass sie ihrer Mutter gegenüber keinen Groll empfand – trotz allem, was sie über sie erfahren hatte. Unnötig hatte sie Jahre damit verbracht, auf ihren Vater böse zu sein. Sie würde nicht noch weitere Jahre damit verschwenden, über das zu grübeln, was ihre Mutter getan hatte. Nichts von dem, was geschehen war, ließe sich dadurch rückgängig machen.

»Hattest du einen angenehmen Flug?«, fragte Sabrina grinsend, als sie ihren Mann vom Flughafen abholte. »Du schielst! Wie viele Beruhigungspillen hast du dir eingeworfen? Sei ehrlich!«

»Ich schiele nicht! Und wenn du dich über meine Flugangst lustig machst, werden wir in zwei Wochen nach Kanada zurückschwimmen anstatt zu fliegen. Mal sehen, wer dann noch grinst, du wasserscheues Etwas«, erwiderte er, nahm sie in den Arm und küsste sie.

»Nach dem langen Flug hast du sicherlich keine Lust mehr, irgendwo essen zu gehen, oder?«, fragte Sabrina, während sie zum Auto gingen.

»Keine Chance! Lass uns bitte direkt ins Hotel fahren. Ich bin erledigt und möchte mich nur noch lang machen. Wir können uns was aufs Zimmer kommen lassen.«

Sabrina nickte verständnisvoll.

»Okay, das machen wir!«

Nachdem sie im Hotel eingetroffen waren, verlief der Check-in reibungslos. Eh sie sich versahen, schlossen sie die Zimmertür hinter sich.

»Halleluja«, sagte Markus und ließ sich aufs Bett fallen. »Heute stehe ich nicht mehr auf.«

»Ach, und wer holt dir deinen Pyjama aus dem Koffer?«

»Wer sagt, dass ich einen Pyjama brauche? Vielleicht schlafe ich heute nackt«, hauchte er lasziv und zwinkerte ihr zu.

»Versprich nichts, was du nicht halten kannst, du Casanova! So erledigt, wie du aussiehst, schläfst du weder nackt noch in deinem Pyjama. Wahrscheinlich schläfst du in den nächsten zehn Sekunden ein.« Sie nahm seinen Koffer, öffnete ihn und reichte ihrem Mann sein Waschzeug. »Vielleicht solltest du duschen, bevor wir das Essen bestellen. Dann fühlst du dich etwas munterer. In der Zwischenzeit räume ich deine Sachen in den Schrank.«

»Einverstanden!« Schwerfällig wälzte er sich vom Bett und schlurfte zum Bad. Plötzlich fuhr er herum. »Stopp! Warte! Ich packe ihn aus«, rief er, eilte mit zwei großen Schritten zum Koffer und schlug ihn zu.

»Spinnst du?«, stieß Sabrina hervor, die in letzter Sekunde ihre Hände zurückgezogen hatte. »Du hättest mir beinahe die Finger eingeklemmt!«

»Tschuldigung … aber … ich packe ihn selber aus.«

»Seit wann das denn?«

»Seit heute!«

»Ach! Darf ich fragen warum?« Eindringlich sah sie ihren Mann an.

»Sabrina! Bitte!« Genervt rollte Markus mit den Augen. »Ich bin seit einer gefühlten Ewigkeit auf den Beinen. Habe zehn Stunden im Flieger gesessen. Ich bin müde, verschwitzt und hungrig. Lass mich jetzt erstmal duschen und essen. Anschließend erkläre ich dir alles, okay?«

Kapitulierend hob Sabrina beide Hände.

»Schon gut, schon gut. Hab ja nur gefragt.«

»Und du lässt die Finger von meinem Koffer, verstanden? Oder sollte ich ihn besser abschließen und den Schlüssel mit unter die Dusche nehmen?«

»Witzbold«, nuschelte Sabrina.

Nachdem Markus geduscht hatte, ließen sie sich ihr Abendessen und eine Flasche Rotwein aufs Zimmer bringen. Während sie aßen berichtete Sabrina über die bevorstehende Trauerfeier. Von dem, was sie über ihre Eltern erfahren hatte, wusste Markus bereits aus ihren Telefonaten. Das ›Koffer-Thema‹ ließ Sabrina außen vor, doch Markus wusste, dass seine Frau vor Neugierde platzte.

»Okay«, sagte er nach einer Weile und schenkte beiden Rotwein nach. »Ich werde dir jetzt erklären, warum du den Koffer nicht auspacken solltest. Und bitte höre mir zu bevor du ausflippst!« Er stand auf, öffnete seinen Koffer und kramte einen großen Umschlag hervor. Dann setzte er sich wieder und legte ihn auf seinen Schoß. »Ich weiß nicht, ob es richtig war, was ich getan habe. Du weißt, dass ich deine Entscheidungen immer respektiere – ob ich sie nachvollziehen kann oder nicht.«

»Hört sich an, als käme jetzt ein ›Aber‹.« Neugierig sah Sabrina ihren Mann an. »Raus mit der Sprache. Was ist los? Und was ist in dem Umschl...?«

»Die Briefe deines Vaters«, stieß er hervor, als müsse er es sofort hinter sich bringen. »Also ... nicht alle Briefe«, fügte er hinzu. »Nur neun Stück.«

Sabrina schwieg und sah zwischen Markus und dem Umschlag hin und her. Dann schüttelte sie den Kopf.

»Das kann nicht sein. Ich habe alle weggeworfen.«

»Und ich habe sie wieder aus dem Papierkorb geholt. Also nur, wenn du sie nicht anderweitig entsorgt hattest. Aber neun Mal hat es geklappt.«

»Warum hast du das getan?«

Markus zuckte mit den Schultern.

»Ich dachte, vielleicht bereust du irgendwann, sie nicht gelesen zu haben. Und wenn nicht, wegschmeißen hätte man sie ja immer noch können. Als wir vorgestern telefonierten, sagtest du, dass dein Vater vielleicht gar nicht wolle, dass du zu seiner Beerdigung erscheinst. Dass du dich fragst, ob er vielleicht böse auf dich gewesen sei, weil du den Kontakt zu ihm abgebrochen hast und er ...«

»Das kann doch auch sein.« Sabrina wischte sich mit dem Handrücken eine Träne von der Wange. »Es hat ihn ganz sicher verletzt.«

»Aber hat Richard dir nicht versichert, dass dein Vater keine Sekunde auf dich böse gewesen war?«

»Natürlich sagt er das! Er will mir nicht weh tun.«

»Siehst du! Darum habe ich die Briefe mitgebracht. Lies sie!«

»Und dann?«

»Dann wirst du wissen, wie dein Vater empfunden hat. Lies endlich seine Briefe!«

Sabrina nickte nachdenklich.

»Okay, vielleicht hast du recht. Aber ich möchte noch eine Nacht drüber schlafen. Wenn ich sie morgen lesen möchte, dann werde ich es tun.«

»Mach es, wie es für dich am besten ist.« Markus legte den Umschlag vor sich auf den Tisch und stand auf. »Ich verschwinde kurz ins Bad und danach sollten wir endlich schlafen.«

»Einverstanden«, seufzte sie und sah ihm kurz nach.

Als Markus wenige Minuten später zurückkam, saß Sabrina immer noch im Sessel. Sie hatte einen der Briefe geöffnet und las. Markus lächelte verständnisvoll, trat näher und gab ihr einen Kuss aufs Haar.

»Ich hau mich hin. Wenn irgendwas ist, dann weck mich.«

Sabrina nickte stumm, ohne den Blick von dem Brief abzuwenden. Sie war vertieft in die Zeilen ihres Vaters, auf der Suche nach einer Antwort auf diese eine Frage, die sie quälte, seit sie die Wahrheit kannte.

Als Markus am nächsten Morgen aufwachte, saß Sabrina auf der Bettkante und streichelte seine Hand.

»Na, du Schlafmütze, werden wir heute auch nochmal wach?«

Ihr Mann kräuselte die Stirn.

»Du bist ja schon geschniegelt und gebügelt«, erwiderte er verschlafen. »Wie spät ist es?«

»Kurz nach sieben.«

»Kurz nach sieben? Und du nennst mich Schlafmütze?«, murmelte er. »Wie nennst du jemanden, der um zehn aufwacht? Scheintot?«

Sabrina schmunzelte. Dann hielt sie einen der Briefe hoch.

»Er liebte mich! Keine Vorwürfe! Nicht einen einzigen«, sagte Sabrina erleichtert. »Im Gegenteil. Er schrieb, er sei immer für mich da. Dass er oft an mich denkt und hoffe, dass es uns gut geht.« Markus setzte sich auf, stopfte sich ein Kissen in den Rücken und lehnte sich zurück.

»Na also! Habe ich es dir nicht gesagt?«

»Ja, das hast du, Markus. Aber nun habe ich es schwarz auf weiß! Schade nur, dass sein letzter Brief nicht dabei gewesen ist, in dem er über jenen verhängnisvollen Abend geschrieben hatte.«

Ihr Mann nickte.

»Ja, das ist schade. Sein letzter Brief kam während meiner letzten Geschäftsreise. Du hattest mir nach meiner Rückkehr davon erzählt. Ich weiß noch, dass ich sofort im Papierkorb nachsah. Aber da war nix mehr. Du hattest ihn bereits geleert.«

Sabrina zuckte mit den Schultern.

»Was soll's. Richard hat mir erzählt, was an jenem Abend geschehen war. Damit muss ich mich zufriedengeben. Wenn du nicht wärst, hätte ich überhaupt keine Briefe. Und den allerwichtigsten von ihnen hast du gerettet! Das allein zählt!«

»Den allerwichtigsten? Wie meinst du das?«

»Du wirst nachher verstehen, was ich damit meine. Wir sind übrigens gleich mit Richard verabredet. Ich weiß, dass er morgens sehr früh aufsteht. Also habe ich ihn gerade angerufen und gefragt, ob wir gemeinsam frühstücken wollen.«

»Danke, dass du mich vorher gefragt hast«, erwiderte ihr Mann ironisch. »Wir sehen ihn doch morgen auf der Beerdigung. Reicht das nicht?«

»Nein! Ich muss ihn noch heute treffen. Unbedingt! Also los, schwing deinen Hintern aus dem Bett.«

Markus schüttelte fassungslos den Kopf und schlug die Decke beiseite.

»Warum kann ich dieser Frau nichts abschlagen?«, murmelte er auf dem Weg ins Bad.

»Weil du mich liebst«, rief Sabrina ihm hinterher.

Sabrina und Markus trafen pünktlich bei Richard ein. Der Tisch war bereits gedeckt und der Kaffee fertig. Sie frühstückten ausgiebig und plauderten dabei über Gott und die Welt. Anschließend gingen sie ins Wohnzimmer.

»Richard, ich möchte Ihnen gerne etwas zeigen«, sagte Sabrina, nachdem sie sich gesetzt hatten. Sie öffnete ihre Handtasche, holte einen Brief heraus und reichte Richard die letzte Seite.

»Was ist das?« Er legte den Bogen auf seinen Schoß, nahm seine Lesebrille vom Tisch und setzte sie auf. »Das ist … das ist Werners Handschrift.« Verblüfft sah er Sabrina über den Rand seiner Brille an. »Hast du nicht gesagt, du hättest alle Briefe weggeworfen?«

Sabrina nickte.

»Hatte ich auch. Aber Markus hat einige von ihnen wieder aus dem Papierkorb gefischt. Für den Fall, dass ich irgendwann einmal meine Entscheidung bereue.«

Richard warf Markus einen dankbaren Blick zu.

»Ein kluger Mann, dein Markus«, sagte er leise. Dann wandte er sich wieder Sabrina zu. »Warum soll ich Werners Zeilen lesen? Sie sind für dich bestimmt.«

»Glauben Sie an Zufälle, Richard? Ich tue es jedenfalls nicht! Es sind nur wenige Briefe, die Markus retten konnte. Doch ausgerechnet dieser ist unter ihnen. Das ist kein Zufall! Es kann kein Zufall sein!«

Richard hob die Augenbrauen.

»Was macht diesen Brief so besonders?«

»Lesen Sie ihn, dann werden Sie es verstehen. Ich glaube, dass wir auf die meisten Fragen in unserem Leben eine Antwort bekommen. Früher oder später – aber wir kriegen sie. Das Leben findet einen Weg! Was nicht heißen soll, dass uns die Antwort immer gefällt. Aber ich denke, diese wird Ihnen gefallen.«

»Mir?« Richard zog die Stirn kraus. »Eine Antwort auf welche Frage? Habe ich eine gestellt?« Irritiert sah er Sabrina an. Doch dann nahm er den Briefbogen, lehnte sich zurück und las Werners Zeilen:

Bevor ich nun zum Schluss komme, liebe Sabrina, habe ich noch tolle Neuigkeiten, von denen ich Dir erzählen möchte.
Vor einigen Wochen ist mir ein Hund zugelaufen. Ein Golden Retriever. Völlig verwahrlost – eine einsame Seele, die ziellos umherirrte. Ich brachte ihn ins Tierheim. Doch ich musste immer an ihn denken und begann, ihn zu besuchen. Niemand schien den armen Kerl zu vermissen. Als es ihm besser ging, habe ich ihn zu mir genommen. Nun staunst Du, was? Dein alter Herr ist auf den Hund gekommen! Ich bereue es nicht. Er weicht mir nicht von der Seite ... und ich ihm auch nicht. Können Mensch und Tier so etwas wie ›beste Freunde‹ sein? Wenn ja, dann sind wir es! Ich

habe ihn ›Rainbow‹ getauft. Jetzt fragst Du Dich bestimmt, wie ich auf diesen Namen gekommen bin? In einem Gedicht über Freundschaft habe ich einmal gelesen, dass in schweren Zeiten ein Freund wie ein Regenbogen sei, der unseren dunklen Tagen wieder Farben schenkt. Rainbow ist ein solcher Freund! (Allerdings finde ich, dass der Name auf Englisch schöner klingt. Was meinst du?)

Doch nicht nur Rainbow ist ein solcher Freund. Ich habe Dir in meinen Briefen oft von Richard Dietz erzählt. ›Dietzi von nebenan‹, wie Du ihn als Kind nanntest. Wir verbringen viel Zeit miteinander. Auch er ist immer für mich da, wenn mich dunkle Tage heimsuchen. Nach fast drei Jahrzehnten Nachbarschaft ist er zu einem Freund geworden. Nein, viel mehr noch – zu meinem besten Freund! Ob er es umgekehrt genauso sieht? Ich weiß es nicht. Männer reden nicht über Gefühle. Jedenfalls meine Generation tut sich da schwer. Vielleicht sage ich ihm irgendwann einmal, was er mir bedeutet. Mal schauen. Und so habe ich alter Knabe doch tatsächlich gleich zwei ›beste Freunde‹ gefunden!

Ein sicheres Zeichen dafür, dass man für wahre Freundschaft nie zu alt ist.

Mein liebe Sabrina, ich wünsche mir nichts mehr, als dass auch Du Freunde hast, die Dir zur Seite stehen, wenn der Lebensweg mal dunkel und steinig wird. In solchen Zeiten halte den Kopf hoch und verliere ihn nie aus den Augen; den Regenbogen an dunklen Tagen, der sich Freundschaft nennt.

Ich schreibe Dir bald wieder!
In Liebe, Dein Papa

Richard ließ den Brief auf seinen Schoß sinken, nahm die Brille ab und räusperte sich.

»Ich war sein bester Freund«, sagte er leise und lächelte. »Ich war es tatsächlich.«

»Ja, das waren Sie, Richard. Schade, dass mein Vater es Ihnen nicht mehr persönlich gesagt hat.«

»Ich habe ja auch nichts gesagt«, erwiderte er und schüttelte nachdenklich den Kopf. »Warum zögert man eigentlich, einem anderen Menschen zu sagen, was er einem bedeutet?«

»Ich weiß es nicht. Vielleicht aus Angst, der andere könnte sich darüber lustig machen. Man befürchtet, zurückgewiesen zu werden.«

»Mag sein«, seufzte Richard und atmete schwer durch. »Und irgendwann ist es dann zu spät.«

»Ja, so wie für mich. Hätte ich den letzten Brief meines Vaters gelesen, wäre alles anders gekommen.«

»Was wäre anders gekommen?«, fragte Markus irritiert. »Was meinst du?«

»Richard erzählte mir, dass Papa sich gefragt hat, ob ich ihm seine Lüge verzeihe, die er mir im letzten Brief gebeichtet hat. Aber da ich den Brief nicht gelesen hatte, erhielt er nie eine Antwort darauf. Und so musste er mit dem Gefühl sterben, dass ich ihn …«

»Sabrina«, unterbrach Richard sie, »es gibt da etwas, was ich dir sagen muss.« Er schluckte und legte den Briefbogen auf den Tisch. »Es ging alles so schnell«, begann er. »Dein Vater war plötzlich zusammengebrochen. Von einer Sekunde auf die andere. Du warst weit weg. Natürlich, ich hätte sofort versuchen müssen, dich zu erreichen aber …«

»Um Gottes Willen, Richard! Ich mache Ihnen keine Vorwürfe.«

»Höre mir zu, Sabrina, bitte! Es ist etwas passiert, wovon du nicht weißt.« Richard atmete schwer durch. »Als dein Vater ins Krankenhaus gebracht wurde, fuhr ich sofort hinterher. Ich setzte mich auf den Flur vor die Notaufnahme und wartete. Irgendwann kam ein Arzt zu mir und teilte mir mit, dass man nichts mehr für Werner tun könne. Er sagte, dass es jeden Moment zu Ende gehen könnte. Natürlich fragte er nach Angehörigen. Ich erzählte ihm von dir und versprach, dich zu informieren. Dann ließ mich der Arzt zu Werner. Ich setzte mich an sein Bett. Plötzlich öffnete er seine Augen. ›Glaubst du, sie wird mir irgendwann verzeihen?‹, fragte er mich, so schwach, dass ich ihn kaum verstand. Ich spürte, wie sehr ihn diese Frage quälte. Darum nickte ich und behauptete, dass ich dich angerufen hätte. Ich erzählte ihm, du ließest ihn grüßen und wärst in Gedanken bei ihm. Und dass ich ihm ausrichten solle, dass du seinen letzten Brief gelesen hättest und ihm alles verzeihst.« Schuldbewusst sah Richard Sabrina an. »Ich weiß, einen Sterbenden belügt man nicht. Aber ich konnte nicht anders.«

Sabrina nahm ein Taschentuch und wischte sich eine Träne von der Wange. Dann stand sie auf, ging zu Richard hinüber und kniete sich neben seinen Sessel.

»Sehen Sie? Das Leben lässt uns nicht mit quälenden Fragen zurück. Das Leben findet einen Weg.« Sie nahm seine Hand und drückte sie. »Manchmal braucht es dazu jedoch die Hilfe des besten Freundes«, sagte sie leise und lächelte dankbar.

Glücksmomente

Linda Bornholm ging den langen Hausflur entlang und schaute dabei abwechselnd rechts und links auf die Klingelschilder der Wohnungen. Als sie fast am Ende des Flures auf einem von ihnen den Namen ›Middendorf‹ las, blieb sie stehen. Mit spitzen Fingern zupfte sie sich ihr Haar zurecht, atmete tief durch und drückte auf die Klingel. Es blieb still. Sie versuchte es erneut.

»Das können Sie vergessen! Bringt nichts!«, hörte sie plötzlich eine Frauenstimme rufen. Linda drehte sich um. In der Nähe des Hauseinganges erblickte sie eine junge Frau, die vorsichtig ihre prall gefüllten Einkaufstüten gegen die Wand lehnte und zu ihr rüber sah. »Herr Middendorf hat die Klingel meistens abgestellt«, fuhr sie fort, während sie einen Schlüssel aus ihrer Jackentasche zog. »Aber der alte Herr bekommt sowieso nie Besuch. Ich habe da jedenfalls noch nie jemanden Kommen oder Gehen sehen, obwohl er schon knapp vier Monate hier wohnt.« Sie öffnete ihre Tür, griff nach den Tüten und machte einen Schritt in die Wohnung. Im Türrahmen blieb sie stehen und wandte sich noch einmal Linda zu. »Irgendwie traurig, oder? Hat wohl keine Familie. Jedenfalls keine, die ihn besucht. Manchmal treffe ich ihn auf dem Flur. Kann ihm gern etwas ausrichten.«

»Vielen Dank, sehr freundlich von Ihnen«, erwiderte Linda und näherte sich ihr. »Das Problem ist, dass ich persönlich mit Herrn Middendorf sprechen muss. Es ist wirklich wichtig!«

»Ah, okay! Legen Sie ihm einfach eine Nachricht in den Briefkasten. Da schaut er jeden Tag rein.«

»Eine gute Idee, Frau …«, Linda sah kurz auf das Klingelschild, »… Kramer. Mir wäre es aber lieber, noch heute mit ihm zu sprechen. Werde es mal mit Anklopfen versuchen. Vielleicht habe ich damit mehr Glück.«

Die junge Frau lachte kurz auf.

»Würde mich wundern!«

»Wieso würde Sie das wundern?«

»Weil er das auch immer ignoriert.«

»Oh«, sagte Linda enttäuscht. Dann zuckte sie mit den Schultern. »Oder Herr Middendorf ist manchmal tatsächlich nicht zuhause.«

»Mag sein! Aber jetzt ist er es! Kurz bevor ich das Haus verließ hörte ich ihn, als er vom Einkaufen zurückkam. Danach geht er nicht mehr aus dem Haus.« Sie sah auf die Uhr. »Das war ungefähr vor zwei Stunden, da kam er zurück und …«

»Das stimmt!«, hörte Linda eine Kinderstimme aus der Wohnung rufen. Im selben Moment drängelte sich auch schon ein kleines Mädchen an Frau Kramer vorbei. »Als ich aus der Schule kam, bin ich zusammen mit Grummel-Opa ins Haus gegangen. Er hatte seinen Einkaufskorb dabei. Er hat auch Margarine gekauft. Ich geh nämlich in die Erste Klasse und kann schon ein bisschen lesen. Da stand Mar-ga-rine auf dem Paket.«

»Finde ich toll, dass du schon so gut lesen kannst!«, lobte Linda das Mädchen. »Aber wieso nennst du Herrn Middendorf denn ›Grummel-Opa‹?«

»Weil ihn hier alle Kinder so nennen. Weil er schon ganz alt ist und immer böse guckt. So richtig grummelig.«

»Ihr sollt ihn doch nicht so nennen!«, schaltete sich ihre Mutter ein. »Das ist nicht nett!« Dann wandte sie sich wieder Linda zu. »Ich muss allerdings zugeben, dass er wirklich immer grimmig schaut.

Egal, wie freundlich man ist. Scheint ein muffeliger Einsiedler zu sein, der mit anderen Menschen nichts zu tun haben möchte. Vielleicht ist er auch nur ...« Sie stockte, als in ihrer Wohnung das Telefon klingelte. »Da muss ich ran«, stieß sie hervor und verschwand.

»In echt ... Grummel-Opa ist immer grimmig. Der lächelt nie«, stimmte die Kleine zu. »Ich glaub, der kann das gar nicht.«

»Ich glaube schon, dass er das kann.«

»Und wieso glaubst du das?«

Linda ging vor dem Mädchen in die Hocke.

»Weil ich mir sicher bin, dass jeder Mensch lächeln kann. Aber manchmal ist einem nicht danach. Lächelst du denn immer?«

»Neee...«, heftig schüttelte sie ihren dunklen Lockenkopf. »Wenn ich traurig bin, dann tu ich das auch nicht.« Die Kleine legte ihren Kopf schräg. »Glaubst du denn, Grummel-Opa ist traurig?«

»Könnte doch sein, oder nicht?«

»Könnte aber auch sein, dass er nicht lächeln kann.«

»Mmmhh ...« Linda presste kurz die Lippen aufeinander und dachte nach. »Wie wäre es, wenn ich dir beweise, dass er es kann?«, schlug sie schließlich vor.

»Und wie?«

»Indem ich ihn zum Lächeln bringe.«

Das Mädchen riss die Augen weit auf.

»Einfach so?«

Abwägend schaukelte Linda den Kopf hin und her.

»Na ja, ... ›einfach so‹ vielleicht nicht. Erstmal müsste ich ihn erwischen. Aber das scheint schwierig zu sein. Doch so schnell gebe ich nicht auf! Ich versuche es einfach morgen wieder.«

»Und wenn er dann nicht aufmacht, kommst du übermorgen wieder, oder über-übermorgen!«

»Ganz genau!« Linda erhob sich. »Aber bevor ich gehe, versuche ich es doch einmal mit Klopfen. Wenn das nichts bringt, stecke ich ihm eine Nachricht in den Briefkasten. Nachdem er die gelesen hat, öffnet er mir beim nächsten Mal ganz sicher.« Sie zwinkerte der Kleinen zu, ging zur Wohnungstür des alten Mannes und klopfte dreimal. »Herr Middendorf«, rief sie, »mein Name ist Linda Bornholm! Ich würde mich gerne mit Ihnen über Elisabeth Baker unterhalten!« Sie wartete. Doch es tat sich nichts. »Ich komme morgen wieder«, fuhr sie fort. »Ich hinterlasse meine Visitenkarte im Briefkasten. Falls Sie mich noch heute anrufen möchten, dürfen Sie das jederzeit tun!« Dann ging sie zurück zu dem Mädchen und reichte ihr die Hand. »Tschüss, Süße.«

»Ich heiße doch nicht Süße«, wandte die Kleine kichernd ein. »Ich heiße Fiona!«

»Wow, das ist aber ein toller Name! Also … tschüss, Fiona! Ich wünsche dir noch einen schönen Tag und …« Sie verstummte, als sie hinter sich das Geräusch eines Schlüssels hörte, der sich im Schloss drehte. Sofort wandte sie sich um. Herr Middendorfs Wohnungstür öffnete sich einen Spaltbreit, und ein älterer Mann spähte hindurch.

»Wer sind Sie?«, rief er. »Woher kennen Sie Elisabeth?«

»Ich heiße Linda Bornholm«, wiederholte sie, während sie auf ihn zuging. Ich bin Auslandskorrespondentin und arbeite für einen hiesigen Fernsehsender. Darf ich kurz mit Ihnen sprechen?«

»Auslandskorrespondentin?«, knurrte er und betrachtete sie argwöhnisch. »Sie können mir viel erzählen.«

Linda holte eine Visitenkarte aus ihrer Tasche und reichte sie ihm.

»Bitte schön!«

»Was soll das sein? Ein Beweis? Die Dinger kann sich doch jeder drucken lassen.«

»Einen Moment!«, bat Linda und holte aus dem Seitenfach ihrer Tasche einen Kugelschreiber. Sie schrieb etwas auf der Rückseite der Visitenkarte und reichte sie ihm erneut. »Dies ist die Durchwahl-Nummer meines Redaktionsleiters. Rufen Sie ihn einfach an und fragen nach, ob ich die bin, für die ich mich ausgebe.«

»Was nützt mir das? Kann ja die Nummer Ihres Komplizen sein! Woher soll ich wissen, dass ich in der Redaktion anrufe?«

Linda atmete schwer durch und presste die Lippen aufeinander. ›Er mag grimmig sein‹, dachte sie, ›aber dumm ist er nicht.‹ Sie runzelte die Stirn und überlegte fieberhaft.

»Okay«, murmelte sie kurz darauf und holte ihr Handy aus der Tasche. Hastig flogen ihre Finger über die Tastatur. »Ich rufe die Homepage meiner Redaktion auf«, erklärte Linda, »dann können Sie die Nummern vergleichen. Sie werden sehen, dass sie identisch sind.« Als sie ihm schließlich das Handy vor die Nase hielt, sah Herr Middendorf abwechselnd zwischen Handy und Visitenkarte hin und her. »Stimmen überein«, brummelte er und schloss die Tür.

»Mama sagt auch immer, dass man keine Fremden reinlassen darf«, hörte Linda Fiona sagen, die plötzlich hinter ihr stand.

»Da hat deine Mama vollkommen recht! Herr Middendorf macht das genau richtig.«

Die Kleine nickte.

»Auch wenn er so grimmig ist, ist er aber trotzdem echt ganz schön schlau, oder?«

»Oh ja! Das ist er! Und ich bin sicher, du bist genauso schlau.«

»Na klar! Ich geh ja schon zur Schule und …« Sie verstummte, als sich die Tür wieder öffnete.

»Kommen Sie rein«, murmelte Herr Middendorf.

Linda zwinkerte Fiona verschwörerisch zu.

»Hat geklappt«, flüsterte sie und verschwand in der Wohnung.

»Darf ich Ihnen etwas anbieten, Frau Bornholm? Vielleicht einen Kaffee?«, fragte er, als sie das Wohnzimmer betraten. Seine Stimme klang nun etwas sanfter.

Linda schüttelte den Kopf.

»Keinen Kaffee. Aber ein Glas Wasser wäre toll. Danke!«

Mit einer kurzen Handbewegung bot er ihr einen Platz an und schlurfte in die Küche. Linda setzte sich in einen der beiden Sessel. Das Wohnzimmer war düster und klein, zu klein für den riesigen Schrank aus dunkler Eiche, stellte Linda beklommen fest. In einigen seiner offenen Fächer standen Bücher, in anderen Porzellanfiguren. Dazwischen, in einem vergoldeten Rahmen, das Foto einer grauhaarigen, alten Dame, die in die Kamera lachte. Außer ihr gab es nichts in diesem Raum, das Lebensfreude ausstrahlte. Linda betrachtete es nachdenklich, als Herr Middendorf plötzlich neben ihr stand.

»Das ist Hilde, meine Frau«, sagte er, als konnte er Lindas Gedanken lesen. »Sie ist vor ungefähr dreizehn Jahren gestorben.«

»Das tut mir leid.« Linda sah ihn mitfühlend an.

Der alte Mann nickte dankend und setzte sich.

»Ich weiß, was Sie mir mitteilen wollen«, seufzte er.

»Sie wissen es?« Linda legte die Stirn in Falten. »Hat Ihnen mein Redakteur gesagt, worum es geht?«

Er schüttelte leicht den Kopf.

»Nein, aber Sie sagten bereits, dass Sie mit mir über Elisabeth reden wollen.« Traurig sah er sie an. »Sie ist tot, nicht wahr? Das ist es, was Sie mir sagen wollen. Sie ist tot.«

»Nein!«, stieß Linda hervor und schlug entsetzt die flache Hand gegen den Brustkorb. »Um Gottes Willen, Herr Middendorf! Wie kommen Sie denn auf die Idee?«

»Na, weil ... Sie sind doch Auslandskorrespondentin. Ich nehme an, Sie waren in Australien, um über die verheerenden Brände zu berichten. Meine Liz«, er lächelte wehmütig, »ich nenne sie immer Liz, sie lebt in Australien.« Er schluckte schwer. »Seit Monaten habe ich nichts mehr von ihr gehört ... da dachte ich ... sie ist ...« Verzweifelt sah er Linda an.

»Herr Middendorf, es ist alles in Ordnung. Mrs. Baker geht es gut, zumindest gesundheitlich.«

Der alte Mann atmete auf.

»Gott sei Dank«, sagte er sichtlich erlöst. »Aber was meinen Sie mit ›zumindest gesundheitlich‹?«

Lindas Gesicht verdunkelte sich.

»Na ja, ... die Feuer haben unzählige Häuser zerstört. Leider auch das von Mrs. Baker. Bis auf die Grundmauern brannte es nieder. Ihr ist aber nichts geschehen. Doch sie hat alles verloren. Wie Sie schon richtig vermuteten, war ich in Australien, um über die Brände zu berichten. Ich sprach mit vielen Betroffenen. Eine von ihnen war Elisabeth Baker.«

Herr Middendorf nickte.

»Daher kennen Sie meine Liz. Ich verstehe.« Dann sah er Linda besorgt an. »Ihr Mann ist vor einigen Jahren gestorben. Sie ist ganz auf sich gestellt. Wo ist sie untergekommen?«

»Mrs. Baker lebt jetzt in einem Altenheim. Sie erzählte mir, dass sie schon lange darüber nachdachte, in ein Heim zu ziehen.«

»Ja, ich weiß. Sie hat mir oft geschrieben, wie schwer es ihr fällt, Haus und Garten instand zu halten. Mittlerweile ist sie achtzig, da ist das alles nicht mehr so einfach. Doch bisher konnte sie sich nicht dazu durchringen, ihr Haus aufzugeben. Fast das ganze Leben hatte sie darin verbracht. Ihr Herz hing daran. So etwas gibt man nicht einfach so auf.« Gedankenverloren sah er ins Leere und schluckte schwer. »Nun hat das Schicksal für Liz entschieden«, seufzte er. »Seit diesen Bränden hatte ich nichts mehr von ihr gehört. Darum glaubte ich, ihr sei etwas zugestoßen. Die furchtbaren Fernsehbilder aus New South Wales entsetzten mich. Zerstörte Häuser, verkohlte Autos. Wenn Bewohner ins Bild kamen, habe ich sofort geschaut, ob ich vielleicht meine Liz entdecke.« Fassungslos über sich selbst schüttelte er den Kopf. »Verrückt, oder?« Der alte Mann lächelte. Dann blickte er Linda erwartungsvoll an. »Hat sie Ihnen gesagt, weshalb sie mir seit einigen Monaten nicht mehr geschrieben hat? Liz hat Ihnen doch bestimmt von unserer Brieffreundschaft erzählt.«

»Oh ja! Ein wenig habe ich von dieser unglaublichen Geschichte gehört«, erwiderte Linda. »Sie ist einer der Gründe, weshalb ich hier bin. Ich möchte alles darüber erfahren! Natürlich ging es bei meinem Gespräch mit Mrs. Baker in erster Linie um ihr Erleben der Brandkatastrophe. Daher hat sie mir nicht viel über die Brieffreundschaft erzählt. Jedoch genug, um mich neugierig zu machen!«

»Ich berichte Ihnen gerne davon, Frau Bornholm. Aber zuerst sagen Sie mir, ob Sie wissen, weshalb Liz mir nicht mehr geschrieben hat. Ist es ihre Seele? Hat sie ihren Lebensmut verloren? Ich würde es verstehen, nach all dem, was sie durchgemacht haben muss. Warum meine letzten Briefe, die ich ihr schrieb, zurückkamen, ist mir jetzt klar. Ich schickte sie an ihre alte Adresse, aber die existierte da schon nicht mehr.« Er winkte traurig ab. »Doch selbst, wenn ihr Haus verschont geblieben wäre, hätte sie meine Post wahrscheinlich nicht bekommen. Zurzeit herrschen entsetzliche Zustände in den Städten.« Hilflos zuckte er mit den Schultern. »Vielleicht hat sie mir ja geschrieben. Aber in dem ganzen Chaos sind ihre Briefe verloren gegangen.«

Mitfühlend sah Linda den alten Mann an.

»Nein, Herr Middendorf, sie sind nicht verloren gegangen. Dennoch haben ihre Briefe Sie nicht erreicht; denn nicht nur das Haus ist den Flammen zum Opfer gefallen. Da gab es noch etwas. Etwas, das ihr unendlich viel bedeutete.«

»Noch etwas?«, fragte er bedrückt.

»Ja, etwas sehr Kostbares – zumindest für Mrs. Baker.« Linda sah ihn eindringlich an. »Können Sie sich nicht vorstellen, wovon ich rede?«

Er zog die Stirn kraus und überlegte.

»Meine Briefe?«, fragte er vorsichtig.

Linda hob anerkennend die Augenbrauen.

»Ihre 611 Briefe!«

»Typisch meine Liz«, sagte er schmunzelnd, »sie hat die Briefe gezählt! Das war klar! Ja, da sind mit den Jahren ein paar zusammengekommen.«

»Ein paar?«, stieß Linda hervor. »Das ist die Untertreibung des Jahres! Als Mrs. Baker mir diese Zahl nannte, glaubte ich, mich verhört zu haben. Doch dann erklärte sie mir ihren regen Briefwechsel.« Linda schüttelte irritiert den Kopf. »Wie kamen sie beide auf die Idee, eine normale Brieffreundschaft, die es ja anfangs war, in eine so … na, nennen wir es mal, ›ungewöhnliche‹ Brieffreundschaft umzugestalten?«

»Na, … auch wir Alten haben manchmal verrückte Ideen!«

»Verrückt‹ – das haben Sie gesagt! Aber ich gebe zu, mir lag das Wort ebenfalls auf der Zunge.«

»Nun sagen Sie mir endlich, warum die Briefe von Liz mich nicht erreichten«, bat der alte Mann sie ungeduldig.

Linda nickte kurz und öffnete ihre Handtasche. Sie zog ein Kuvert heraus und hielt es hoch.

»Heute spiele ich Postbote! Der zweite Grund, weshalb ich hier bin. Sie können sich sicherlich denken, von wem er ist.«

Herr Middendorf sah auf den Umschlag, auf dem sein Name stand. Sofort erkannte er die geschwungene Handschrift, und ein Lächeln huschte über sein Gesicht.

»Er ist von Liz?«, hauchte er.

»Mrs. Baker flehte mich an, Sie ausfindig zu machen und Ihnen den Brief zu geben. Die letzten, die sie Ihnen geschickt hatte, waren immer mit dem Vermerk ›Empfänger unbekannt verzogen‹ zurückgekommen. Zuvor hatte sie auf einige Briefe gar keine Reaktion erhalten, weder von Ihnen noch von einer Poststelle. Als sie schließlich erfuhr, dass Sie verzogen seien, versuchte sie alles Menschenmögliche, um Sie zu finden. Akribisch durchstöberte sie im Internet unzählige Telefonverzeichnisse. Leider sind Sie dort aber nirgends eingetragen. Aufgrund des Datenschutzes erhielt sie natürlich auch von niemandem eine Auskunft und ...«

»Wovon reden Sie, Frau Bornholm? Ich verstehe kein Wort. Liz hat doch meine neue Adresse.«

»Sie hatte sie! Wenige Tage vor dem Ausbruch der Brände erhielt sie Ihren Brief, in dem Sie ihr die neue Adresse nannten.«

»Ganz genau! Ich schrieb ihn gleich zu Beginn meiner Reha. Wissen Sie, ich hatte einen Schlaganfall. Davon wusste Liz nichts! Während der Wochen im Krankenhaus ging es mir zu schlecht, um ihr zu schreiben und davon zu berichten. Sie wusste auch nichts von dem Umzug. Ich hatte ein Umzugsunternehmen mit allem betraut. Ein Sozialdienst übernahm für mich den Behördenkram. In dem ganzen Durcheinander verschwand leider die Post, die ich erhalten hatte, während ich im Krankenhaus war. Bestimmt waren die Briefe von Liz dabei, die sie mir in dieser Zeit noch an meine alte Adresse geschickt hatte. Darum konnte ich nicht darauf reagieren, selbst wenn ich mich gut genug gefühlt hätte. Alles ging so furchtbar schnell! Eh ich mich versah, war meine Wohnung aufgelöst und ich war hier gemeldet. Aber wenn Liz den Brief mit meiner neuen Adresse erhalten hatte, wieso ...« Er stockte und starrte Linda an. »Das Feuer ... der Brief ... er verbrannte, wie alle anderen auch«, seufzte er.

»Ja, so war es leider, Herr Middendorf! Während sich Ihr Leben allmählich wieder normalisierte, geriet Mrs. Bakers aus den Fugen. So sehr sie sich später auch bemühte, sie konnte sich einfach nicht an die neue Anschrift erinnern. Auch sie wollte Ihnen natürlich so schnell wie möglich mitteilen, wie es ihr ging. Und so schickte Mrs. Baker ihre Briefe weiterhin an die alte Adresse. In der Hoffnung, dass Sie einen Nachsendeantrag gestellt hatten.«

Herr Middendorf zuckte mit den Schultern.

»Nein, wozu? Außer Liz schreibt mir doch kaum jemand. Und sie hatte die neue Adresse.« Er atmete schwer durch. »Glaubte ich zumindest«, fügte er traurig hinzu.

»Selbst für uns als Fernsehsender war es schwierig, Sie ausfindig zu machen«, fuhr Linda fort. »Mrs. Baker hatte mir Ihre alte Anschrift genannt. Erst, als ich mich in der Nachbarschaft umhörte, hatte ich Glück. Eine Frau Wulf erzählte mir, was geschehen war und gab mir die neue Adresse.«

»Stimmt!« Herr Middendorf nickte. »Jetzt, wo Sie es sagen! Frau Wulf war die einzige Nachbarin, mit der ich damals Kontakt hatte. Sie ist nett, hat mich sogar im Krankenhaus besucht. Bei der Gelegenheit erzählte ich ihr, dass ich nicht in meine Wohnung zurückkehren würde. Sie sollte sich also nicht wundern, wenn plötzlich Möbelpacker auftauchten.«

»Warum wollten Sie nicht in Ihre Wohnung zurück?«

»Von ›nicht wollen‹ konnte keine Rede sein. Mein linkes Bein bereitet mir seit dem Schlaganfall Probleme beim Treppensteigen. Leider wohnte ich jedoch in der zweiten Etage. Zufällig erfuhr ich, dass diese Wohnung noch frei stand. Gerne wohne ich nicht Parterre. Aber ich musste mich schnell entscheiden. Freie Wohnungen sind rar. Frau Wulf wollte mich hier besuchen, darum gab ich ihr die Adresse. Kann sogar sein, dass sie mal hier war. Aber seit ich glaubte, ich hätte Liz verloren, stand mir nicht mehr der Sinn nach Gästen. Meine Klingel ist meistens abgestellt.« Plötzlich lächelte er nachdenklich. »Eigenartig, nicht wahr? Manchmal macht man etwas scheinbar völlig Belangloses und ahnt nicht, wie wichtig es mal werden würde. Stellen Sie sich vor, ich hätte Frau Wulf nicht die Adresse gegeben.« Er sah auf den Umschlag in seiner Hand. »Liz und ich, wir hätten uns vielleicht nie wiedergefunden«, seufzte er. Dann blickte er auf und sah Linda an. »Wie soll ich Ihnen bloß danken?«

»Ach ... ich hätte da schon eine Idee!«

Überrascht hob er die Augenbrauen.

»Na dann ... heraus mit der Sprache!«

»Erzählen Sie mir von Ihrer ungewöhnlichen Brieffreundschaft mit Mrs. Baker. Sie sagte, es wäre ursprünglich Ihre Idee gewesen.«

»Nun … sagen wir mal, ich habe den Anstoß gegeben. Liz hat das Ganze dann mit ihrer nicht enden wollenden Phantasie ausgeschmückt.«

»Hört sich spannend an! Erzählen Sie! Wenn Sie meinem Sender auch noch erlauben würden, darüber zu berichten, hätten Sie mir mehr als gedankt.«

»Sie wollen über uns berichten?« Erschrocken starrte er sie an. »Etwa im Fernsehen?«

»Ja, genau! Meine Kollegin sucht ständig nach interessanten Stories für ihre Sendung ›Besondere Menschen – besondere Geschichten‹! In Kürze, am 30. Juli, dem Internationalen Tag der Freundschaft, wird die nächste Live-Sendung ausgestrahlt. Wir würden Sie gerne kurzfristig mit reinnehmen. Ihre Geschichte darf einfach nicht fehlen!«

»Ich weiß gar nicht, was ich sagen soll. Aber ich muss nicht vor die Kamera, oder? Ich finde es schon schrecklich, fotografiert zu werden. Wenn ich mir vorstelle, ich müsste vor eine laufende Kamera.«

»Na ja, es wäre schon toll, wenn Sie zu uns ins Studio kämen! Mrs. Baker könnte via Live-Schaltung dabei sein. Selbst die Zeitverschiebung stellt kein Problem dar, und …«

»Nein, tut mir leid!« Entschlossen schüttelte er den Kopf. »Vor eine laufende Kamera, das geht wirklich nicht.«

»Schade«, erwiderte Linda enttäuscht. »Aber wenn es für Sie absolut nicht infrage kommt, respektieren wir das natürlich. Hätten Sie denn ein Foto für mich?«, fragte sie vorsichtig. »Zuschauer lieben Gesichter zu den Geschichten! Mit dem Altenheim und mit Mrs. Baker habe ich bereits telefoniert. Sie ist begeistert und das Heim wird es möglich machen, dass wir via Skype mit ihr sprechen können.«

Der alte Mann lehnte sich zurück und atmete tief durch.

»Liz macht da also mit«, seufzte er und kratzte sich nachdenklich am Hinterkopf. »Na gut, wenn das so ist, möchte ich mich nicht querstellen. Ich werde wenigstens ein Bild heraussuchen. Meine Hilde hat mich hin und wieder vor die Linse bekommen. Sie fotografierte sehr gerne.«

»Super! Ich danke Ihnen, Herr Middendorf. Nun erzählen Sie mir von Ihrer Brieffreundschaft.«

Hilflos sah er Linda an.

»Ehrlich gesagt, weiß ich nicht, wo ich anfangen soll. Was ist wichtig, was nicht?«

»Reden Sie einfach drauf los!« Gelassen winkte sie ab. »Wenn ich etwas nicht verstehe, frage ich nach.« Linda holte ihr Aufnahmegerät aus der Tasche und legte es auf den Tisch. »Erlauben Sie mir, unser Gespräch aufzuzeichnen?«

Der alte Mann nickte.

»Tjaaa, … also …«, begann er und strich sich grübelnd über das Kinn, »ich sagte ja bereits, dass meine Frau vor ungefähr dreizehn Jahren verstorben ist. Sie war ein echter Wirbelwind. Hatte ständig verrückte Ideen. Das Leben mit ihr war aufregend und wunderbar. Doch dann, von einem Tag auf den anderen, war sie nicht mehr da.«

»Was war passiert?«, fragte Linda mitfühlend.

»Eines Morgens war sie einfach nicht mehr aufgewacht. Am Tag zuvor war noch alles in Ordnung. Sie fühlte sich ausgezeichnet.« Er schluckte schwer und wischte sich verstohlen eine Träne weg. »Ich wurde nicht damit fertig, dass sie fort war. Zog mich mehr und mehr zurück. Saß nur noch vor dem Fernseher oder schaute aus dem Fenster. Nach einigen Monaten meinte mein Arzt, ich müsste endlich wieder unter Menschen. Aber mir war nicht danach. Schließlich riet er mir zu einem Hobby. Irgendetwas, was mir Freude bereiten würde.«

Linda rollte mit den Augen.

»Die Ärzte! Die haben oft gut reden – ›was einem Freude bereiten würde‹. Ist nicht immer ganz einfach, etwas zu finden.«

»Nein, so abwegig war es gar nicht. Da gab es tatsächlich etwas«, wandte Herr Middendorf ein. »Ich hatte schon immer gerne geschrieben. Meistens Gedichte, aber auch kurze Geschichten. In den 50iger Jahren hatte ich sogar eine Brieffreundin!«, erzählte er stolz und sein Gesicht hellte sich auf. »Marie-Claire aus Frankreich!«

Linda hob anerkennend die Augenbrauen.

»Wahnsinn! Ich kenne keinen Mann, der gerne Briefe schreibt. Sie sind eine echte Rarität!«

Herr Middendorf lachte kurz auf.

»Als Rarität hat mich noch niemand bezeichnet. Ich nehme das als Kompliment! Vielen Dank!« Er tat so, als würde er den Hut vor ihr ziehen. »Na ja, jedenfalls begann ich wieder, Gedichte zu schreiben. Ich schrieb meine Gefühle darin nieder. Das tat mir gut. Nach und nach ging es mir etwas besser. Ich begann sogar, Geschichten zu schreiben. Doch wissen Sie, was mir fehlte?« Linda schüttelte den Kopf und sah Herrn Middendorf interessiert an. »Es gab niemanden, dem ich sie zeigen konnte«, sagte er traurig. »Niemand war da, der sie las. Ich denke, dass jeder Mensch ein Gegenüber braucht. Jemanden, mit dem er sich austauschen kann. Damals dachte ich oft an Marie-Claire. Ich erinnerte mich, wie viel mir unsere Brieffreundschaft gegeben hatte. Ihr schickte ich nämlich häufig Gedichte. Sie ließ mich immer wissen, wie sie sie fand. Das war schön.«

»Warum hörten sie auf, einander zu schreiben?«

»Marie-Claire heiratete. Ihr Zukünftiger war noch nie begeistert davon gewesen, dass wir uns schrieben. Er war furchtbar eifersüchtig, selbst auf mich. Nach der Hochzeit verlangte er von ihr, dass sie unsere Brieffreundschaft aufgab.« Traurig schaute er ins Leere. »So endete es.«

»Und so begann es«, wandte Linda leise ein.

Irritiert sah der alte Mann sie an.

»Was begann?«

»Na ja, ich nehme an, die Erinnerungen an Damals brachten Sie dazu, sich – Jahrzehnte später – wieder eine Brieffreundin zu suchen.«

»Stimmt! Ich war schließlich erst siebzig und mein Kopf noch top fit. Sogar einen Computer hatte ich! Ich begann, in Portalen zu suchen, die weltweit Brieffreundschaften vermitteln. Dort entdeckte ich Liz. Sie war zwei Jahre jünger als ich und mit einem Australier verheiratet. Seit vierzig Jahren lebte sie bereits in Australien, in New South Wales. Ursprünglich kam sie jedoch hier aus Frankfurt. In Deutschland hatte sie keine Familie mehr. Darum wünschte sie sich eine deutsche Brieffreundschaft, um so wieder eine Verbindung zu ihrer alten Heimat zu bekommen. In ihrer Anzeige stand, dass sie gerne malte und Gedichte schrieb. Dass sie mit ihrem Mann viel reiste, Museen und Theater besuchte. Ab und zu gingen sie tanzen. Liz schien ein Wirbelwind zu sein, wie meine Frau. Das gefiel mir. Was mir auch gefiel, war ihre Klarheit!«

Linda kräuselte die Stirn.

»Ihre Klarheit? Was meinen Sie damit?«

»Sie sprach nicht um den heißen Brei! Klar und deutlich schrieb sie in ihrer Anzeige, was sie wollte und was nicht. Liz suchte eine Brieffreundschaft – nicht mehr und nicht weniger. Keine Besuche, kein

Austausch von Telefonnummern. Sie telefoniert nämlich nicht gerne. Genauso wie ich!«

»Okay, in dem Fall sind Sie keine Rarität, Herr Middendorf. Ich glaube, die wenigsten Männer telefonieren gern. Das ist eher so ein ›Frauen-Ding‹«, erwiderte Linda grinsend.

»Stimmt! In dem Fall war wohl Liz die Rarität. Ich war jedenfalls fasziniert von ihr und mailte ihr sofort! Wir spürten schnell, dass wir auf einer Wellenlänge lagen. Also tauschten wir Adressen aus und begannen, einander zu schreiben. Es war wunderbar! Liz schreibt so fröhliche, lebensbejahende Briefe«, schwärmte er. »Oft musste ich herzhaft lachen, wenn sie über ihre Erlebnisse schrieb. Kunterbunt und schillernd malte Liz sie aus. Manchmal fühlte es sich an, als sei ich dabei gewesen. Mit jedem ihrer Briefe zog Liz mich weiter aus meinem Tief heraus. Ich glaube nicht, dass ihr bewusst war, wie sehr sie mir half! Jeder einzelne ihrer Briefe war für mich ein kleiner Glücksmoment«, erzählte er strahlend. Doch dann verdunkelte sich sein Blick. »Aber wie das so ist im Leben, das Blatt kann sich schnell wenden. Eines Tages erhielt ich den ersten traurigen Brief von ihr. In ihren Zeilen lagen Kummer und tiefe Verzweiflung. Es zerriss mir das Herz.«

Linda schluckte.

»Wenn Sie den Punkt lieber auslassen möchten, dann verstehe ich das und ...«

»Frau Bornholm, Sie wollen wissen, wie aus unserer normalen Brieffreundschaft eine ungewöhnliche wurde, darum muss ich es erzählen«, erklärte er. »Aber das macht nichts. Machen Sie sich keine Gedanken. Das Leben hat nun mal seine zwei Seiten, die hellen und die dunklen. Doch wenn Sie erlauben, werde ich mich kurzfassen.«

»Natürlich, kein Problem, Herr Middendorf.«

»Jack, Liz' Mann, war an Alzheimer erkrankt«, fuhr er bedrückt fort. »Sie begann, nur noch über diese schreckliche Krankheit zu schreiben, und davon, wie sie ihren Alltag bestimmte. In jedem ihrer Briefe gab es nur noch dieses eine Thema. Verstehen Sie mich nicht falsch, Frau Bornholm. Ich war erleichtert, dass Liz mir ihr Herz ausschüttete. Sie hatte doch sonst niemanden. Jacks Familie war verstorben, genauso wie die gemeinsamen Freunde.«
Linda nickte verständnisvoll.

»Ganz sicher hat es ihr gutgetan, darüber schreiben zu können.«

»Ja, natürlich! Doch ich fragte mich, ob Liz auch noch schöne Dinge erlebte? Dinge, aus denen sie Kraft schöpfen konnte, um die tägliche Last dieser Krankheit tragen zu können.« Der alte Mann atmete schwer durch. »Na ja, … jedenfalls verschlechterte sich Jacks Zustand rapide. Schließlich riet der behandelnde Arzt, Jack in ein Heim zu geben. Doch das kam für Liz nicht infrage. Sie liebte ihren Mann. Bis zuletzt wollte sie an seiner Seite sein. Doch für Jack war Liz zu einer Fremden geworden, und so verhielt er sich ihr gegenüber auch. Natürlich wusste Liz, dass es an der Krankheit lag. Doch was nützte ihr dieses Wissen? Das Leben bestand für sie nur noch aus der Sorge um ihren Mann. Aufopfernd kümmerte sie sich um ihn. Doch wer kümmerte sich um Liz? Zwischen ihren Zeilen las ich, dass sie seelisch immer weiter abrutschte. Ein Gefühl, das ich nur zu gut kannte. Und so war nun ich an der Reihe, ihr zu helfen, so, wie sie mir geholfen hatte. Ich überlegte, wie ich sie von ihren sorgenvollen Gedanken ablenken könnte. Dann fiel mir ein, dass sie leidenschaftlich gern wettete und …«

»Sie wettete?«, fragte Linda überrascht. »Meinen Sie Pferdewetten und sowas?«

»Nein!« Er winkte ab. »Nicht diese Art von Wetten! Sie wettete um banale Alltäglichkeiten. Zum Beispiel darum, dass sie innerhalb von vier Wochen ihrer Katze beibringen könnte, Stöckchen zu holen.«

»Katzen lassen sich nicht dressieren«, wandte Linda grinsend ein. »Die sind stur wie Maulesel.«

»Meine Liz hat es geschafft!«

»Das ist ein Scherz, Herr Middendorf!«

»Oh nein! Liz akzeptiert es nicht, eine Wette zu verlieren. Sie steigert sich da richtig hinein und gibt nicht auf, bis sie ihr Ziel erreicht hat. Aber was ich Ihnen eigentlich sagen wollte: Es reicht der Hauch einer Wette, und sie beißt an! Das machte ich mir zunutze.«

»Wie meinen Sie das, Sie machten es sich ›zunutze‹?«

»Ich schrieb ihr, dass ich in einer Zeitschrift einen Artikel über zwei Brieffreundinnen gelesen hätte. Die beiden hätten sich ein halbes Jahr lang abwechselnd wöchentlich geschrieben – die eine in den geraden Wochen, die andere in den ungeraden.«

Anerkennend hob Linda den Daumen.

»Nicht schlecht! Ein halbes Jahr, jede zweite Woche? Würde ich nicht durchhalten.«

»War ja auch geschwindelt«, murmelte er und lächelte verschmitzt. »Nie hatte ich etwas Derartiges gelesen. Ich schrieb ihr, ich sei absolut sicher, dass sie und ich das nicht mal ein viertel Jahr durchhielten. Irgendwas würde immer dazwischenkommen, schon müsste man eine Woche aussetzen. Mehr brauchte ich nicht zu schreiben«, erklärte er und zwinkerte Linda zu. »Nun musste ich nur noch abwarten.«

Gespielt fassungslos schüttelte Linda den Kopf.

»Sie Schlitzohr!«

»Was soll ich sagen«, erwiderte Herr Middendorf grinsend, »sie war schockiert! Wie ich es überhaupt infrage stellen konnte, dass wir so etwas nicht hinbekämen. Sofort wettete sie, dass wir es sogar ein dreiviertel Jahr durchhielten. Und sie setzte noch einen drauf: Wir hatten einander jede Woche zu schreiben! Liz legte sogar den Tag fest. Montags musste die Post abgeschickt werden – was anhand des Poststempels überprüfbar war!«

»Wow! Ein strenges Reglement.«

»Das können Sie laut sagen! Ich musste ihr natürlich mein Ehrenwort geben, nicht absichtlich mit dem Schreiben auszusetzen oder die Post an einem anderen Wochentag abzuschicken, nur um die Wette zu gewinnen. Zum Glück schränkte sie nicht ein, was man schicken durfte. Alles war erlaubt! Ein Brief, ein Gedicht, ein gemaltes Bild, ein Foto – völlig egal.«

»Na, Gott sei Dank!« Linda verdrehte die Augen. »Worüber soll man auch jede Woche schreiben? Ich wüsste es nicht. So viel erlebt man nicht. Vieles wiederholt sich auch.«

»Und Sie sind berufstätig, Frau Bornholm! Sie erleben sicherlich so manches. Aber ich als Rentner?« Grimassenhaft verzog er sein Gesicht. »Da wurde mir erst so richtig bewusst, was ich angezettelt hatte. Doch ich wollte Liz unbedingt aus diesem Tief herausholen. Ich wusste, sie würde sich in diese Aufgabe hineinknien. Also nahm ich die Wette an.«

Linda schmunzelte.

»Und Mrs. Baker gewann.«

»Na klar! Und ich musste meine Wettschuld einlösen. Ein Überraschungspäckchen für den Gewinner! Ich schickte ihr Briefpapier und für ihren Garten ein paar Tütchen Blumensamen. Sie liebt Blumen.«

»Warum haben Sie sich nicht kurz vor dem Ende der Wette eine Ausrede einfallen lassen und einfach mal einen Montag ausgesetzt? Dann hätten Sie gewonnen!«

»Weil es mir nicht ums Gewinnen ging. Aber im Grunde waren wir sowieso beide die Gewinner; denn womit ich ihr helfen wollte, veränderte auch mein Leben. Jede Woche musste ich mir etwas Schönes einfallen lassen, und ich hatte mächtig Spaß daran! Wie ein Weltmeister schrieb ich Gedichte und kurze Geschichten. Manchmal schnitt ich Witze aus Illustrierten heraus oder schickte ihr interessante Zeitungsartikel. Wie ein Kind freute ich mich auf den wöchentlichen Spaziergang zum Briefkasten.«

»Natürlich immer montags!«, sagte Linda schmunzelnd.

»Na klar!« Herr Middendorf lachte kurz auf. »So war es abgemacht! Tatsächlich war ich vor dieser verrückten Wette kaum rausgegangen. Doch nun tat ich es! Jeden Montag brachte ich eifrig meine Post weg. Oft spazierte ich anschließend noch durch den Park. Ich fütterte Enten oder sah Kindern beim Spielen zu und genoss ihr Lachen. Mein grauer Alltag wurde wieder bunt. Meine Liz empfand es genauso! Sie verglich unsere Brieffreundschaft einmal mit einem Regenbogen, der uns miteinander verband und unsere Leben in bunte Farben tauchte. Es mag pathetisch klingen, aber es war wirklich so.«

»Haben sie sich deshalb auch nach dem Dreivierteljahr weiterhin wöchentlich geschrieben? Die Wette hatte Liz doch längst gewonnen.«

Der alte Mann lächelte versonnen.

»Es war so schön, wir machten einfach weiter.« Nachdenklich sah er ins Leere. »Mittlerweile sind es fast zwölf Jahre. Wo ist die Zeit geblieben?«

»Fast zwölf Jahre!«, wiederholte Linda fassungslos. »Wie kann man so etwas fast zwölf Jahre konsequent jeden Montag durchziehen?! Als mir Mrs. Baker davon erzählte, konnte ich es zuerst nicht glauben.«

»Das kann ich mir vorstellen. Klingt ja auch alles ein wenig verrückt. Selbst als Jack starb und sie um ihn trauerte, schickte Liz regelmäßig etwas an mich ab. Ich hätte verstanden, wenn ihr nicht der Sinn danach gestanden hätte. Doch ich glaube, dieses ›Montagsritual‹ gab ihr Halt. In der Zeit der Trauer las ich in ihren Gedichten, wie sehr sie Jack vermisste. In ihren Bildern sah ich ihre Traurigkeit. Doch nach und nach wurden ihre Bilder wieder bunter, ihre Gedichte fröhlicher. Da wusste ich, sie war auf dem richtigen Weg.«

Linda sah den alten Mann bewundernd an.

»Das hatte sie Ihnen zu verdanken«, seufzte sie.

Er lächelte sanft.

»Dafür sind Freunde da!«

»Hatten Sie nie den Wunsch, Mrs. Baker persönlich kennen zu lernen, Herr Middendorf?«

»Dass ich nie den Wunsch hatte, wäre gelogen. Aber ... na ja, ... ich erzählte Ihnen ja von den klaren Vorstellungen meiner Liz, was unsere Brieffreundschaft betraf. Keine Telefonate, keine Besuche!« Er zuckte mit den Schultern. »Ich habe es respektiert. Es war trotzdem schön, so wie es war. Und, wie es wieder sein wird«, sagte er erleichtert. »Nun weiß ich ja, wo sie steckt.«

»Mrs. Baker erzählte mir, sie hätten all die Jahre tatsächlich nie miteinander telefoniert. Wäre denn eine klitzekleine Ausnahme nicht mal drin gewesen?«

»Mag sein ... aber vielleicht hätte es unserer einzigarten Freundschaft die Einzigartigkeit genommen.«

170

»So ähnlich hat auch Mrs. Baker geantwortet, als ich sie danach fragte«, erwiderte Linda schmunzelnd.

»Tatsächlich?« Erfreut hob er seine Augenbrauen. »Tja, wie ich bereits sagte, wir liegen auf einer Wellenlänge. Warten Sie einen Moment! Ich bin gleich wieder da«, erklärte er, stand auf und verließ das Zimmer. Kurz darauf kam er mit einem Fotoalbum zurück und reichte es Linda. »Liz und ich haben zwar nie telefoniert, aber wir haben uns gegenseitig Bilder geschickt. Na ja, um ehrlich zu sein, hat sie meistens welche geschickt. Ich stelle Ihnen das Album gerne für Ihre Sendung zur Verfügung.«

»Eine tolle Idee! Danke schön! Das wird meiner Kollegin gefallen«, erwiderte Linda begeistert, während sie kurz im Album blätterte. »Gibt es ein Lieblingsfoto? Vielleicht eines, das Ihnen besonders am Herzen liegt?«

»Es gibt sogar zwei«, erwiderte er und strahlte. »Aber die sind nicht in dem Album. Ich kann sie Ihnen auch nicht mitgeben. Die rücke ich nämlich nicht raus. Sie stehen auf meinem Sekretär, an dem ich meine Briefe schreibe.« Erneut verließ er das Zimmer. Linda sah ihm kurz nach und musste plötzlich an Fiona denken. ›Wenn sie wüsste, wie wunderbar ihr ›Grummel-Opa‹ strahlen konnte‹.

Es dauerte nicht lange, bis Herr Middendorf mit den Rahmen zurückkam. Er reichte sie Linda. Ein Bild zeigte Liz in ihrem Garten, umgeben von unzähligen Sonnenblumen. Auf dem anderen war ein Regenbogen zu sehen, dessen Farben so kräftig leuchteten, dass man die dunklen Wolken dahinter kaum wahrnahm. »Das Regenbogen-Foto hat Liz gemacht«, fuhr er fort und setzte sich. »Sie schrieb, dass es den ganzen Vormittag gegossen hatte. Als endlich die Sonne durchbrach, entstand dieser Regenbogen – das Symbol unserer Freundschaft.«

»Ein wunderschönes Bild«, schwärmte Linda.

»Ja, das ist es! Da konnten meine Fotos nicht mithalten. Meistens knipste ich meine mickerigen Balkonblumen«, scherzte er und lachte. »Aber natürlich schickte ich ihr anfangs auch ein Foto, auf dem ich zu sehen war. Liz hatte mich darum gebeten. Bestimmt hat sie es Ihnen ge…« Er stockte und winkte ab. »Was rede ich da? Sie kann es Ihnen nicht gezeigt haben. Es ist verbrannt, wie die Briefe. Darum werde ich ihr noch heute schreiben und ein Foto beilegen. Zwar ein uraltes Ding, aber besser als nichts.«

»Ihre Liz wird sich wahnsinnig freuen, von Ihnen zu hören! Als ich mit ihr sprach, spürte ich, wie sehr sie Ihre Briefe vermisst. Ich bin mir sicher, auch für Mrs. Baker waren sie kleine Glücksmomente.«

»Nun können wir uns wieder mit diesen besonderen Momenten beschenken«, sagte er freudig und schaute auf den Brief in seiner Hand. »Endlich habe ich meine Liz zurück.«

»Was halten Sie von der Idee, wenn ich Sie fotografiere? Jetzt sofort!«, schlug Linda vor. »Ich weiß, Sie mögen es nicht. Aber vielleicht ausnahmsweise? Für Liz? Schon morgen könnte ich Ihnen das Bild vorbeibringen.«

Ein breites Strahlen legte sich auf sein Gesicht.

»Frau Bornholm, eine hervorragende Idee! Liz zuliebe bin ich bereit, mich knipsen zu lassen!« Linda entging nicht die Lebensfreude, die plötzlich in seiner Stimme lag. »Allerdings würde ich mich gerne ein wenig herausputzen. Rasiert bin ich heute auch nicht. Macht es Ihnen etwas aus, mich morgen zu fotografieren?«

»Kein Problem! Dann komme ich morgen Vormittag. Aber eines werde ich noch heute tun: Ich werde dem Altenheim, in dem Mrs.

Baker lebt, Ihre Adresse mailen. Natürlich nur, sofern Sie damit einverstanden sind! Dann kann auch Ihre Liz sofort mit dem Schreiben beginnen«, schlug sie vor und fügte augenzwinkernd hinzu: »Schließlich ist bald Montag!«

Dankbar sah er Linda an.

»Sie hat der Himmel geschickt, Frau Bornholm. Anders kann es nicht sein.«

»Ich fasse das mal als ein klares Ja auf«, erwiderte sie schmunzelnd, schaltete ihr Aufnahmegerät aus und steckte es in ihre Tasche. Plötzlich klingelte ihr Handy. Sie schaute aufs Display und verzog das Gesicht. »Oh oh, ich werde bereits vermisst«, murmelte sie und nahm den Anruf an. »Hi! Bin so gut wie unterwegs«, versprach Linda. »Ich hatte ein sehr interessantes Interview«, sie warf dem alten Mann einen dankbaren Blick zu, »dabei habe ich schlicht und einfach die Zeit vergessen. Na klar, ich mache mich sofort auf den Weg ... okay ... ja ... eine gute Idee ... bis gleich.« Sie tippte kurz auf ihr Handy und steckte es weg. »Jetzt muss ich Gas geben, sonst kriege ich die rote Karte«, scherzte sie und stand auf.

»Na, ich hoffe nicht!«, erwiderte Herr Middendorf lachend und erhob sich ebenfalls. »Aber falls doch, dann denken Sie daran, dass das die kostbarsten Momente im Leben sind – die, die uns die Zeit vergessen lassen!« Liebevoll zwinkerte er ihr zu und begleitete sie hinaus. »Auch ich habe unser Gespräch genossen«, sagte er zum Abschied und reichte ihr die Hand. »Ich danke Ihnen, Frau Bornholm! Jetzt bin ich froh, dass ich Ihnen geöffnet habe«, gestand er, und nachdenklich fügte er hinzu: »Seine Türen zu verschließen, ist wohl selten der richtige Weg.«

Zufrieden lief Linda den Flur entlang. Kurz vor dem Ausgang blieb sie plötzlich stehen und überlegte einen Moment. Dann kehrte sie um, ging zur Wohnung von Frau Kramer und klingelte.

»Meine Mama ist nicht zuhause. Wer ist da?«, hörte sie Fiona durch die geschlossene Tür fragen.

»Hier ist Linda! Wir beide haben heute über Herrn Middendorf gesprochen. Ich würde gern mit dir über etwas reden.« Sofort öffnete sich die Tür und die Kleine strahlte sie an.

»Hast du es geschafft? Hat Grummel-Opa gelächelt?«

»Ja, hat er, aber nur ein ganz, ganz kleines bisschen«, schwindelte sie. »Darum brauche ich deine Hilfe. Du könntest es schaffen, dass er noch viel mehr lächelt.«
Überrascht riss Fiona die Augen weit auf.

»Ich?«

»Ja! Du!«

»Kann ich das denn?«

»Na klar! Jeder Mensch kann einen anderen zum Lächeln bringen. Man muss nur herausfinden, worüber sich der andere freuen würde. Ich habe es ja auch geschafft. Aber, wie gesagt, ich bin mir sicher, du könntest es noch viel besser.«

»Aber wie denn?« Hilflos zuckte das Mädchen mit den Schultern. »Ich weiß ja nicht, worüber sich Grummel-Opa freuen würde.«

»Aber ich!«, erwiderte Linda augenzwinkernd. »Du gehst jetzt zur Haustür und lässt die alte Dame rein, die draußen wartet. Sie heißt Mrs. Baker, aber ich denke, du darfst sie Elisabeth nennen.«

»Und wer ist das?«

»Elisabeth ist eine Freundin von Herrn Middendorf.«

»In echt?« Erneut riss sie die Augen auf. »Von Grummel-Opa?«

»Ja, in echt! Aber er weiß nicht, dass sie hier ist!«

174

»Eine Überraschung«, jubelte Fiona und hüpfte auf und ab. »Überraschungen sind toll!«

»Na, klar! Und du überraschst ihn jetzt. Du bringst ihm seine Freundin!« Linda hielt der Kleinen die flache Hand hin und das Mädchen schlug begeistert ein. »Alsooo ...«, sagte Linda, »du holst jetzt die Elisabeth ... ich werde vor Herrn Middendorfs Wohnung auf euch warten ... und wenn ihr da seid ... dann klopfst du an seine Tür.«

Begeistert klatschte Fiona in die Hände.

»Oh jaaa, das mache ich«, jubelte sie erneut und marschierte los. Es dauerte nicht lange, bis sie zurückkam – Hand in Hand mit Elisabeth. Die alte Dame stützte sich auf ihren Gehstock. Das Gehen fiel ihr sichtlich schwer, doch sie strahlte übers ganze Gesicht. Elisabeth nickte Linda dankbar zu, als sie vor Herrn Middendorfs Tür aufeinandertrafen. Fiona klopfte an. Zappelig trat sie von einem Fuß auf den anderen, während sie gemeinsam warteten.

»Wer ist da?«, hörten sie den alten Mann fragen.

»Wetten, das errätst du nicht!«, rief Elisabeth. Grinsend schüttelte Linda den Kopf. Selbst in diesem ergreifenden Moment konnte sich Mrs. Baker das Wetten nicht verkneifen. »Dreimal darfst du raten«, fuhr Elisabeth energisch fort. Doch es blieb still. »Okay, ich gebe dir einen kleinen Tipp, Darling«, beschloss sie. »Ich bin hier, weil ich endlich den Mann kennen lernen möchte, gegen den ich die längste Wette meines Lebens gewonnen habe.« Es dauerte einen Moment, doch dann hörte man, wie sich ein Schlüssel im Schloss drehte. Zaghaft öffnete sich die Tür und Herr Middendorf starrte Elisabeth an.

»Liz?«, hauchte er. »Elisabeth Baker?«

Die Augenbrauen der alten Dame schnellten nach oben.

»Wer denn sonst? Natürlich Elisabeth Baker! Oder wie viele ›Liz‹ kennst du noch?«

»Du ... du bist hier, hier in Deutschland? ... Wieso ... aber Frau Bornholm hat doch gesagt, sie ... sie will dir eine Mail schicken und ...«

»Frau Bornholm hat geschwindelt«, wandte Linda ein und verzog das Gesicht. »Tschuldigung.« Verlegen kratzte sie sich am Ohr. »Darf ich es Ihnen erklären?«

Herr Middendorf nickte wie hypnotisiert, während er zwischen Elisabeth und Linda hin und her blickte.

»Alsooo ...«, begann Linda, »ich erzählte Ihnen bereits, dass wir die Geschichte Ihrer Freundschaft für so außergewöhnlich halten, dass wir gerne darüber berichten würden. Darum hat mein Sender Mrs. Baker nach Deutschland eingeladen, damit sie in unserer Live-Sendung gemeinsam ihre Geschichte erzählen können.«

»Die Idee zu dieser Schwindelei kam aber von mir«, wandte Elisabeth ein. »Dass Frau Bornholm so tat, als sei ich in Australien, dass sie dir einen Brief übergab und so weiter. All das habe ich ausgeheckt! Ach ... und noch was, Darling: Ich habe gewettet, dass ich dich ins Studio und vor die Kamera kriege! Ich weiß zwar, wie kamerascheu du bist, aber wir zwei schaffen das schon. Und kneifen gibt's nicht! Sollte ich nämlich die Wette verlieren, wird's teuer für mich. Dann muss ich der gesamten Redaktion Kuchen spendieren.«

»Liz!«, stieß Herr Middendorf hervor. »Bist du denn verrückt geworden?« Fassungslos starrte er sie an.

»Mrs. Baker war es übrigens auch, die mich anrief, als ich bei Ihnen war«, fuhr Linda fort. »Es war ihre Idee, so lange im Wagen zu warten, während ich mit Ihnen spreche.«

Elisabeth nickte.

»Euer Geplauder dauerte mir aber doch zu lange. Ich rief Frau Bornholm an und bat sie, mich endlich abzuholen. Ich sagte ihr, dass ich mir etwas die Beine vertreten und dann vor der Tür auf sie warten würde. Ich konnte einfach nicht mehr sitzen. Meine morschen Knochen brauchen nämlich Bewegung. Die vielen Stunden im Flieger waren schon anstrengend genug. Hätte die Strecke lieber schwimmen sollen!«

Herr Middendorf stand immer noch da wie bestellt und nicht abgeholt. Er betrachtete Elisabeth, als konnte er nicht glauben, was er sah.

»Seit wann … also … wie lange bist du schon in Frankfurt?«, stammelte er. »Wo wohnst du?«

»Ich bin gestern Morgen angekommen und wohne in einem Hotel.« Plötzlich stemmte sie energisch eine Hand in die Hüfte. »Sag mal, wie lange soll ich hier eigentlich noch auf dem Flur herumstehen? Besonders gastfreundlich bist du nicht, Darling! Ich weiß, dass ich damals sagte, ich wolle weder Telefonate noch gegenseitige Besuche. Aber, so rein gefühlsmäßig, sind wir über eine Brieffreundschaft doch wohl schon weit hinaus. Zwei enge Freunde wie wir sollten bei einer Tasse Kaffee plaudern, nicht im Hausflur!«

Herr Middendorf schluckte.

»Äh … ja, natürlich! Entschuldige! Ich … ich bin einfach nur so überwältigt. Ich freue mich so sehr, dich zu sehen.« Immer noch fassungslos schüttelte er den Kopf und nahm sie in den Arm. »Herzlich willkommen«, flüsterte er. Dann ließ er von ihr ab und wandte sich Linda zu. Gespielt drohend hob er seinen Zeigefinger. »Mein liebes Fräulein! Wie können Sie einen alten Mann nur so hinters Licht führen«, scherzte er. »Sie sind eine verdammt gute Schauspielerin. Das muss ich Ihnen lassen. Sie sollten nicht hinter der

Kamera stehen, sondern davor.« Dann entdeckte er plötzlich Fiona, die immer noch dastand und alles genau beobachtete. »Du bist ja auch da, süße Maus!«, stieß Herr Middendorf überrascht hervor.

Fiona nickte.

»Ich hab geholfen! Ich hab nämlich Ihre Freundin reingeholt und sie Ihnen gebracht«, berichtete die Kleine stolz. »Freuen Sie sich jetzt?«

Der alte Mann strahlte.

»Oh ja! Und wie ich mich freue!«, antwortete er glückselig. »Das hast du ganz toll gemacht! Ich danke dir dafür, dass du mir meine Liz gebracht hast.«

»So, Süße«, mischte sich Linda ein und sah Fiona auffordernd an, »wir zwei werden nun verschwinden. Herr Middendorf und Elisabeth haben sich bestimmt ganz viel zu erzählen.« Dann wandte sie sich den beiden zu. »Ich wünschen Ihnen eine schöne Zeit! Genießen Sie jede Minute«, sagte sie, nahm Fiona an die Hand und ging.

»Die Freundin von Grummel-Opa wohnt ganz weit weg. Das hat sie mir erzählt, als ich sie geholt hab«, sagte die Kleine, während sie den Flur entlang gingen. »Sie musste ganz viele Stunden fliegen. Aber wie geht das denn?«

Linda stutzte.

»Was? Das Fliegen?«

»Nein, doch nicht das Fliegen! Wie kann sie seine Freundin sein, wenn sie so weit weg wohnt?« Fiona zuckte mit den Schultern. »Das geht doch gar nicht.«

»Warum soll das nicht gehen?«

»Weil sich Elisabeth gar nicht mit Grummel-Opa treffen kann, wenn sie Lust dazu hat. Sie können auch gar nicht zusammen irgendwo hingehen. Meine Freundin wohnt ganz nah bei mir. Nur zwei Straßen und dann um die Ecke. Gestern hat Mama gesagt, wir dürften ein Eis essen gehen. Ich durfte Lisa-Marie anrufen und fragen, ob sie Lust hat, mitzukommen. Das kann Grummel-Opa nicht machen, weil seine Freundin zu weit weg ist. Die muss dann ja erst losfliegen.«

Linda lachte kurz auf.

»Ja, das stimmt natürlich! Aber trotzdem kann man doch befreundet sein. Auch, wenn man sich nicht immer treffen kann, wenn man gerade Lust dazu hat. Es gibt viele andere Möglichkeiten, um Schönes miteinander zu teilen. Man kann telefonieren, sich Briefe schreiben, skypen und …«

»Skypen macht meine Mama auch oft mit ihrer Freundin. Dann reden sie und lachen und sehen sich dabei. Das ist witzig!«

»Siehst du! Natürlich ist es viel schöner, wenn man richtig zusammen sein kann. Doch manchmal geht das eben nicht. Aber wenn Freunde es wirklich wollen, dann finden sie eine Möglichkeit, sich hin und wieder zu treffen. Selbst ein umständlicher oder weiter Weg hält echte Freunde nicht davon ab!«

Fiona strahlte.

»Ja, du hast bestimmt recht! Du wusstest ja auch, dass Grummel-Opa lächeln kann. Aber wieso hat er es nie getan, wenn er es kann?«

Linda blieb stehen und ging vor Fiona in die Hocke.

»Weißt du«, sagte sie, »ich glaube, er war sehr traurig. Er hatte sich große Sorgen um Elisabeth gemacht. Manchmal ist das mit dem Lächeln eben nicht ganz so einfach. Darum ist es wichtig, dass es Menschen wie dich gibt!«

»Wie mich?«

»Na, du hast mir doch geholfen, Herrn Middendorf wieder ein Lächeln ins Gesicht zu zaubern, oder nicht?«

Fiona nickte heftig.

»Ja, er hat sogar richtig gestrahlt! Das ist noch viel mehr als Lächeln. Papa sagt immer ›über alle vier Backen strahlen‹!«

»Siehst du! Und du hast Herrn Middendorf zum Strahlen gebracht. Du hast das geschafft!«

»Genau!«, stimmte sie stolz zu. »Und weißt du was? Ab jetzt sage ich nicht mehr Grummel-Opa; denn eigentlich ist er ja gar nicht grummelig, er war einfach nur traurig. Das wusste ich ja nicht.«

Linda zuckte mit den Schultern.

»Vielleicht wollte er nicht, dass andere merken, dass er traurig ist.«

»Aber wenn man nicht sagt, dass man traurig ist, kann man auch nicht getröstet werden. Das ist doch voll doof.« Die Kleine nickte entschlossen. »Ich pass jetzt auf! Und wenn ich sehe, dass er wieder grummelig guckt, dann weiß ich, dass Grummel-Opa traurig ist. Dann überlege ich mir, wie ich ihn wieder fröhlich machen kann. Ich kann ihm ja auch mal ein Bild malen. Das stecke ich ihm dann in seinen Briefkasten. Da guckt er nämlich jeden Tag rein.«

»Eine tolle Idee, Fiona! Male Herrn Middendorf doch einen bunten Regenbogen! Ich bin mir sicher, das würde ihm sehr gefallen.«

»Oh jaaa, das mache ich!«, jubelte die Kleine. »Und weißt du, was ich noch machen kann? Ich kann auch mal einen Brief schreiben. Ein bisschen schreiben kann ich nämlich schon. Aber nur ein paar Sätze. Dann schreibe ich ›Wie geht es dir?‹ und ›Liebe Grüße‹ und so. Elisabeth hat gesagt, dass sie sich ganz viel schreiben. Sie hat gesagt, dass Grummel-Opa sich immer dolle über Post freut«, erzählte Fiona begeistert.

»Na, und ob er sich darüber freut! Da wird er aber strahlen, wenn er einen Brief von dir bekommt.« Linda zwinkerte ihr zu und erhob sich wieder. »Nun muss ich langsam los.« Sie reichte der Kleinen die Hand. »Ich danke dir für deine Hilfe.«

»Bitte schön! Es hat Spaß gemacht«, erwiderte Fiona fröhlich. Linda hing sich ihre Tasche über die Schulter und ging. Sie hatte sich nur wenige Schritte entfernt, da hörte sie die Kleine fragen: »Aber eigentlich ist das doch doof, oder?«

Linda drehte sich zu ihr um und sah sie fragend an.

»Was ist doof?«

»Na, ... wenn ich Grummel-Opa einen Brief schreibe. Ich wohne doch im gleichen Haus mit ihm. Das ist ja total nah zusammen.«

»Aber das macht doch nichts«, erwiderte Linda lächelnd. »Wenn man jemandem eine Freude bereiten möchte, ist es wie mit den guten Freunden – dann ist die Entfernung egal.«

Das Band der Freundschaft

Silke nahm zwei Flakons vom Badezimmerregal und sah ihre Freundin mit hochgezogenen Brauen an.

»Jil Sander‹ oder ›Midnight Rose‹?«

»Völlig egal, ob du nach Veilchen oder Rosen duftest«, erwiderte Bettina, die auf dem Wannenrand saß. »Macht das Klassentreffen auch nicht besser. Warum müssen wir überhaupt da hin? Wir fanden es beim letzten Mal schon blöd, obwohl es bei unserem Lieblingsitaliener stattgefunden hat. Nun treffen wir uns auch noch in diesem altbackenen Hausmannskost-Schuppen.«

»›Jil Sander‹ oder ›Midnight Rose‹?«, wiederholte Silke gespielt energisch. Schmollend nahm Bettina ihrer Freundin den violett schimmernden Flakon aus der Hand, drückte auf den Zerstäuber und hielt ihre Nase in die Duftwolke.

»Nimm das«, entschied sie und gab Silke den Flakon zurück.

»Willst du das andere Parfüm nicht erst ausprobieren?«

Bettina schüttelte den Kopf und machte eine wegwischende Handbewegung.

»Gegen die Duftwolke von ›Mrs. Eingebildet‹ kannst du sowieso nicht anstinken. Egal, worin du dich einnebelst.«

»Mrs. Eingebildet? Du meinst Claudia?«

»Wen sonst? Seit sie nach Frankfurt gezogen ist und dort mit diesem millionenschweren Bauunternehmer zusammenlebt, trägt sie ihre Nase ziemlich hoch.« Verständnislos schüttelte Bettina den Kopf. »Meine Güte! Wenn ich daran denke, wie arrogant die beim letzten Klassentreffen daher stolziert kam auf ihren Stöckeldingern.«

»Das ist vier Jahre her. Vielleicht ist sie mittlerweile wieder die ›alte‹ Claudia. Schüchtern und warmherzig.«

Bettina lachte kurz auf.

»Das glaubst du doch selbst nicht, oder?«

»Wieso nicht? Kann doch möglich sein. Wir sind alle um die Vierzig. In dem Alter lässt man sich nicht mehr so leicht verbiegen. Auch nicht von einem Haufen Kohle. Aber wenn du mich fragst, ein wenig mehr Selbstvertrauen stand ihr ganz gut.«

»Ein wenig?« Bettinas Augenbrauen schnellten nach oben. »Waren wir auf verschiedenen Klassentreffen?«

»Ja okay, ich gebe zu, sie war ziemlich überdreht. Aber besser diese Claudia als die von damals, zu unserer Schulzeit. Da war sie doch nur ein Häufchen Elend.«

»Wundert dich das? Bei dem, was sie durchmachte? Das hätte auch schnell mal mit 'nem Sprung von der Brücke enden können.«

»Ja, das hätte es. War schon heftig damals«, erwiderte Silke und atmete schwer durch. »Irgendwie hatte ich sie gern. Und du auch. Aber sie war eben sehr verschlossen. Man kam schwer an sie ran. Also gönnen wir ihr jetzt ihr Selbstvertrauen, wenn es auch auf Stöckeldinger daher stolziert, okay?« Silke boxte ihrer Freundin leicht auf den Oberarm. »Nun lass uns gehen. Ich möchte unsere warmherzigen Klassenkameraden nicht warten lassen.«

Bettina rollte mit den Augen.

»Na gut … Augen zu und durch«, murmelte sie.

Silke musterte ihre Freundin von oben bis unten und zog eine Grimasse.

»Aber bevor wir gehen leihe ich dir eine Hose oder Bluse!«

Bettina sah irritiert an sich herunter.

»Warum? Was stimmt nicht an meinem Outfit?«

Silke verzog das Gesicht, als hätte sie soeben in eine Zitrone gebissen. »Das fragst du nicht ernsthaft, oder? Deine Bluse ist quietschorange und deine Hose quietschrot!«

»Das sind die Farben dieses Sommers«, erwiderte Bettina wie selbstverständlich.

»Mag sein! Aber nicht in Kombination! Das geht nicht!«

»Na klar, geht das! Siehst du doch.«

»Ist das dein letztes Wort?«

Bettina antwortete mit einem breiten Grinsen und hob den Daumen.

»Hat Claudia abgesagt?«, fragte Silke ihren Schulfreund Werner, nachdem sie im Restaurant Platz genommen hatten. »Ich kann sie nirgends entdecken.«

»Hat 'ne SMS geschickt. Ihr Taxi steht im Stau.«

Inge, die damalige Dauer-Klassensprecherin, lachte kurz auf.

»Blödsinn! Das macht die extra. So hat sie den großen Auftritt in ihrem Armani-Fummel.«

»Typisch diese neureichen ›Möchte-gern-VIPs‹«, pflichtete ihr ihre Busenfreundin Susanne bei. Auch einige der anderen fühlten sich berufen, in die Anti-Claudia-Diskussion einzusteigen. Erst als ein Kellner die Speisekarten verteilte, verstummten die Lästereien. Jeder vergrub seinen Kopf in die Karte und studierte sie akribisch.

»Mmmh…, ich weiß wirklich nicht, was ich nehmen soll«, murmelte Inge und blätterte zwischen den Seiten hin und her.

»Also ich nehme Bratkartoffeln mit Knipp«, entschied Susanne und schlug die Karte entschlossen zu.

»Gute Wahl«, murmelte Bettina hinter vorgehaltener Hand. »Da ist neben anderen Innereien auch etwas Hirn drin.« Silke versetzte ihrer Freundin mit dem Ellenbogen einen Hieb in die Seite und flüsterte:

»Hör auf zu lästern.«

»Sorry, aber das konnte ich mir echt nicht verkneifen«, erwiderte Bettina.

Inge deutete mit einer kurzen Handbewegung zur Tür.

»Oh, schaut mal, wer uns da beehrt! Die liebe Claudia!«

Susanne musterte sie abschätzend.

»Kostüm und High Heels«, raunte sie. »Das ist ein Klassentreffen und kein Staatsempfang.«

»Also mir gefällt's!«, stellte Werner fest und stieß einen leisen, anerkennenden Pfiff aus. »Das nenne ich doch mal 'ne Wespentaille!«

»Wenn man auf Hungerhaken steht«, erwiderte Susanne schnippisch, während sie an ihrem Pullover herumzupfte, der sich über ihre Speckröllchen wölbte.

Mit eleganten Schritten schwebte Claudia auf den Tisch zu. Hinter dem letzten freien Stuhl blieb sie stehen und blickte mit erhobenem Kinn in die Runde.

»Ihr Lieben! Wie schön, euch alle wiederzusehen. Entschuldigt die Verspätung.« Sie warf einen kurzen, empörten Blick zur Decke. »Der Verkehr in Hamburg ist desaströs«, fügte sie hinzu. Dann drückte sie einer Kellnerin ihre Reisetasche in die Hand. »Wenn Sie so freundlich wären. Danke.« Claudia setzte sich direkt neben Silke. Sofort zog ein schwerer, blumiger Duft zu Silke herüber. Die Bedienung eilte herbei und reichte Claudia die Speisekarte.

»Nein Danke!«, sagte diese und machte eine abweisende Handbewegung. »Ich habe mir bereits im Internet Ihre Speisekarte angeschaut. Bitte nur einen Ceasar Salad und einen Martini Rosato. Den Martini mit einem Hauch Sekt aufgefüllt.«

»Und für mich aus der ›Arbeiterklasse‹ bitte ein großes Bier«, rief Werner quer über den Tisch hinweg. »Dazu ein Schnitzel mit einer extra Portion Pommes«, fügte er hinzu, wobei er das letzte Wort besonders betonte und Claudia dabei schmierig angrinste.

»Ein Idiot. Einfach ignorieren«, flüsterte Silke ihr zu.

Claudia schluckte schwer. Dann sah sie sich im Raum um und zog arrogant eine Augenbraue nach oben.

»Was für ein anspruchsloses Interieur. Du fühlst dich hier sicherlich wie zuhause, lieber Werner«, konterte sie. »Ich hoffe, dass wenigstens die Speisen ein höheres Niveau haben. Die Auswahl ist doch eher minimalistisch.«

»Von Labskaus bis ›Birnen, Bohnen und Speck‹ alles dabei«, warf Susanne ein. »Nicht fein genug?«

»Labskaus?« Angewidert kräuselte Claudia die Stirn und schob mit spitzen Fingern eine blonde Strähne hinter ihr Ohr, in dem ein Brillant funkelte. »Wie entsetzlich! Labskaus riecht wie Katzenfutter.«

»Muss wohl alles nach Chanel N° 5 duften, was?«, legte Susanne nach.

Bettina lehnte sich zu Silke hinüber.

»Tu was, bevor die sich an die Kehle gehen«, grummelte sie. »Du bist die Diplomatische von uns beiden.«

»Du bist witzig. Was soll ich denn tun?«, gab Silke hilflos zurück.

»Irgendwas«, nuschelte Bettina zwischen zusammengebissenen Zähnen. »Sonst lauf ich gleich Amok.«

Silke lächelte verlegen und räusperte sich.

»Bist du mit dem Flieger oder dem Zug aus Frankfurt gekommen?«, fragte sie. Etwas Besseres fiel ihr einfach nicht ein.

»Mit dem Flugzeug. Allerdings komme ich nicht aus Frankfurt, sondern aus St. Tropez. Wir liegen dort zurzeit mit unserer Jacht und ...«

»Nur um uns zu treffen, tauscht du St. Tropez gegen dieses Hamburger Schietwetter ein?«, stieß Bettina entsetzt hervor. »Das wäre mir nicht im Traum eingefallen. Oder bist du gekommen, um deine Eltern zu besuchen?«

»Nein, das habe ich nicht vor. Ich habe im Grand Elysee eine Suite gebucht. Morgen Abend reise ich wieder ab.«

Bevor die Luxushotel-Suite zu erneuten Lästereien führen konnte, gab Stefan, der ehemalige Klassenclown, einige Hotelwitze zum Besten. Die Stimmung lockerte sich und das gemeinsame Essen verlief entspannter als erwartet. Alle genossen ihr Dessert, als Bettinas Handy klingelte. Mit einer entschuldigenden Geste stand sie auf und verließ den Tisch. Doch schon kurz darauf kam sie zurück.

»Meine Tochter hat morgen ihre Führerscheinprüfung«, erklärte sie. »Sie leidet extrem unter Prüfungsangst und hängt mit dem Kopf in der Kloschüssel fest. Ihr versteht, was ich meine. Sie braucht mich dringend. Darum muss ich jetzt gehen.«

»Ich schließe mich an!« Silke legte ihre Serviette auf den Tisch und stand auf. »Wir wohnen nur eine Querstraße voneinander entfernt. Bettina kann mich zuhause absetzen.«

»Kommt ihr eigentlich auch getrennt klar?«, spottete Inge. »Hat sich anscheinend nichts geändert. Ihr klebt zusammen wie siamesische Zwillinge. Wie damals in der Klasse.«

Silke ignorierte die Bemerkungen und wandte sich an Claudia.

»Du kannst auch gerne mitfahren«, bot sie an. »Das Grand Elysee wäre nur ein kleiner Umweg für uns. Den fährt Bettina gerne für dich!« Sie warf ihrer Freundin einen eindringlichen Blick zu. »Würdest du doch, oder?«

»Na logo! Umwege sind meine Spezialität!«

Claudia schmunzelte.

»Danke, das ist sehr nett. Aber ich nehme mir später ein Taxi.«

»Na gut, ganz wie du meinst.« Die beiden Frauen verabschiedeten sich von den anderen und verließen das Restaurant.

»Deine Tochter macht ihren Führerschein? Seit wann das denn?«, fragte Silke verwundert, als sie ins Auto stiegen.

»Blödsinn! War falsch verbunden.«

»Wie? Falsch verbunden?«

Bettina ließ den Wagen an.

»Jemand hatte sich verwählt. Aber ich dachte mir, es ist eine gute Gelegenheit, die Biege zu machen. Dass du sofort aufspringst, war mir klar. Und wenn nicht, hätte ich dir Beine gemacht.«

»Du kleines orange-rotes Luder«, scherzte Silke mit zusammengekniffenen Augen.

Bettina grinste verschwörerisch.

»Wir fahren jetzt in die Innenstadt und gönnen uns ein riesiges Eis. So ein richtig dickes, fettes Eis, mit Schlagsahne, Schokosoße und einer extra Portion Schokostreusel. Wir haben uns Nervennahrung verdient.«

»Hört sich gut an«, erwiderte Silke. »Schade, dass Claudia nicht gemerkt hat, dass ich sie aus der Höhle des Löwen befreien wollte.«

»Mach dir keine Gedanken. Vielleicht hat sie diese Klapperkiste vor dem Restaurant stehen sehen und geahnt, dass es meine Karre ist. Nur die Mutigsten steigen hier ein«, erklärte sie augenzwinkernd und fuhr los.

Fast zwei Stunden verbrachten die beiden in der Eisdiele. Sie genossen ihre Schoko-Becher extra groß und ließen dabei das Klassentreffen noch einmal Revue passieren. Entspannt machten sie sich schließlich auf den Heimweg. Im Radio dudelte Musik und Bettina summte zufrieden mit. Kurz vor einer Kreuzung bremste sie plötzlich scharf ab.

»Mein Gott, geht's noch?«, stieß Silke erschrocken hervor. Bettina schwieg, fuhr rechts ran und bog den Rückspiegel etwas nach links.

»Kann nicht sein, oder?«, murmelte sie.

»Was kann nicht sein?«

»Da läuft Claudia.« Bettina löste ihren Gurt, drehte sich zur Seite und beobachtete durch das Seitenfenster die Frau auf dem Gehweg.

»Echt! Das ist sie! Die geht ins … ich glaub's nicht … die geht ins Hostel!« Verwundert wandte sie sich Silke zu. »Claudia übernachtet in einem Hostel?«

»Quatsch! Im Leben nicht.«

»Doch, das ist sie. Ganz sicher.«

Silke zuckte mit den Schultern.

»Vielleicht besucht sie nur jemanden.«

»Sie besucht nur jemanden?« Bettina hob die Augenbrauen. »In einem Hostel?« Dann wandte sie ihren Blick wieder aus dem Fenster. »Von wegen Grand Elysee«, sagte sie leise. »Die hat geflunkert. Ich würde nur zu gerne wissen, warum.«

»Dann müssen wir wohl bis zum nächsten Klassentreffen warten. Dann kannst du sie fragen. Und nun fahr weiter.«

»Ich soll vier Jahre auf eine Antwort warten? Bist du verrückt? Bis dahin bin ich geplatzt vor Neugier.«

Bettina zog den Schlüssel ab.

»Da gehen wir jetzt hin.«

»Du willst da jetzt nicht wirklich rüber und sie fragen, oder? Das geht uns doch gar nichts an.«

»Das geht mich nichts an? Ich wurde belogen, also geht es mich sehr wohl was an. Als Werner und die anderen Klappskallis sich auf sie gestürzt haben, hat Claudia mir echt leidgetan. Aber Herumflunkern ist nicht okay! Leidtun hin oder her!«

»Na, das sagt die Richtige!« Silke sah Bettina mit hochgezogenen Augenbrauen an. »Ich sag nur: Tochter, Führerschein!«

»*Das* war etwas anderes! Das war ... «, Bettina überlegte kurz, »das war eine situationsbedingte Notlüge um Leben zu retten.«

»Ach? War unser Leben in Gefahr?«

»Nein, aber das der anderen. Ich war kurz davor, denen den Hals umzudrehen.« Sie sah ihre Freundin eindringlich an. »Also, kommst du mit rüber?«

Silke schnaufte genervt und ließ den Kopf nach hinten fallen.

»Okay, wenn's unbedingt sein muss, dann lass uns rübergehen. Du lässt ja eh nicht locker.«

Claudia stand am Empfang des Hostels und unterhielt sich wild gestikulierend mit einem der Angestellten.

»Na, ist niemand bereit, dir deine Tasche in die Suite zu tragen?«, fragte Bettina sarkastisch. »Oder hat die Suite keinen Whirlpool?«

Erschrocken fuhr Claudia herum und starrte ihre Schulfreundinnen an.

»Was macht ihr denn hier?«

»Die Frage ist wohl eher, was du hier machst?« Bettina kräuselte die Stirn. »Entsprach die Suite im Grand Elysee nicht deinen Vorstellungen? Und nun möchtest du es einfach mal mit einer 20 Euro-Übernachtung in einem Mehrbettzimmer versuchen?«

»Ich darf wohl sehr bitten!«, protestierte der Angestellte. »Wir verfügen durchaus über komfortable Einzelzimmer.«

»*SIE* haben wegen dieser dämlichen Motor-Classic-Messe gar keine Zimmer, jedenfalls keine freien«, fauchte Claudia ihn an. »Das ist ja das Problem! Sie haben meine Buchung verschlampt!«

»Ach«, Bettina hob gespielt überrascht die Augenbrauen, »du hattest *hier* ein Zimmer gebucht?«

Claudia atmete tief durch. Resignierend hob sie beide Hände.

»Okay, das mit dem Grand Elysee war gelogen. Ich werde es euch erklären. Doch zuerst muss ich telefonieren. Hamburg ist riesig. Irgendwo wird man doch wohl ein Zimmer ergattern können.«

»Keine Chance!«, wandte Silke ein und schüttelte den Kopf. »Die Stadt platzt aus allen Nähten.«

»Irgendwo werde ich schon was finden.«

»Wie ich bereits sagte: Keine Chance! Du übernachtest bei mir.«

»Auf gar keinen Fall! Kommt nicht infrage«, erwiderte Claudia entschlossen. »Ich habe …

»… keine andere Wahl«, führte Silke den Satz ihrer Schulfreundin zu Ende. »Es sei denn, du möchtest unter einer Brücke übernachten.«

Verärgert presste Claudia ihre Lippen aufeinander und starrte sie an.

»Na gut, du hast recht«, lenkte sie schließlich ein. »Aber dafür lade ich euch auf einen Kaffee in die HafenCity ein und dann …« Sie stutzte. »Bettina … hast du überhaupt Zeit für einen Kaffee? Ich dachte, deiner Tochter geht's nicht gut.«

»Wunderheilung«, nuschelte Silke.

Claudia nickte wie in Zeitlupe.

»Ah, … ich verstehe«, erwiderte sie und sah Bettina schmunzelnd an. »Na, dann ab zum Kaffeetrinken in die HafenCity. Bei der Gelegenheit kann ich mal wieder den vertrauten Duft der Heimat genießen. Das Wetter ist super. Vielleicht können wir draußen noch einen freien Tisch ergattern«, sagte sie und sah dabei auf ihre Uhr. »Wird zwar schwierig zur besten Kaffeezeit, aber man kann's versuchen.«

»Draußen sitzen? In der HafenCity?« Angewidert verzog Bettina ihr Gesicht. »Geht's noch? Dort stinkt's nach Schiffsdiesel.«

»Nicht immer!« Verständnislos schüttelte Claudia den Kopf. »Das solltest du als waschechte Hamburgerin eigentlich wissen. Wenn der Wind günstig steht und von der Schokoladenfabrik rüber zieht, dann duftet es nach Kakaobohnen. Ich liebe diesen Geruch!«

»*Du* kannst dich noch am Duft von Kakao erfreuen?«, stieß Bettina hervor. »So etwas Triviales? Hätte ich nicht erwartet.«

»Vielleicht sollten wir langsam aufhören mit den Sticheleien«, wandte Silke ein. Sie warf ihrer Freundin einen warnenden Blick zu.

»Schon okay, Bettina hat ja recht. Mein Auftritt im Restaurant lässt wirklich daran zweifeln, dass ich mich noch an Kleinigkeiten erfreuen kann«, gab Claudia verlegen zu. »Habe wohl etwas zu dick aufgetragen. Aber als Werner diese blöden Pommes bestellte und mich schmierig angrinste, da ist bei mir die Sicherung durchgebrannt.«

»Weil er Pommes bestellte?«, fragte Bettina mit großen Augen.

»Hast du vergessen, dass er mich in der Schule immer ›Pommes‹ nannte, weil meine Haare ab und zu nach diesem Zeug rochen? Ja, ich habe in einem Imbiss ausgeholfen, um mir mein Taschengeld zu verdienen. Er hatte das nicht nötig. Werner rannte zu Mami und Papi, wenn er Geld brauchte«, schimpfte Claudia. »Aber meine Eltern konnten nicht mal eben das Portmonee zücken und …«

»Apropos Eltern«, fiel Silke ihr ins Wort. »Warum übernachtest du nicht bei ihnen?«

»Geht nicht. Wir verstehen uns momentan nicht besonders. Ist 'ne lange Geschichte.« Plötzlich klang ihre Stimme zart und zerbrechlich und sie wich den Blicken ihrer Schulfreundinnen aus. »Lasst uns jetzt gehen. Ich erzähle euch alles, während wir Kaffee trinken, die Sonne genießen und …«

»… Schiffsdiesel schnuppern«, nuschelte Bettina sarkastisch.

Als die drei in der HafenCity eintrafen, wurde tatsächlich auf der Terrasse des Cafés ein Tisch frei. Sie saßen kaum, da kam auch schon die Bedienung herangerauscht, nahm ihre Bestellung auf und verschwand wieder.

»Riech mal, Bettina!«, sagte Claudia und grinste triumphierend. »Wenn das kein Kakaoduft ist, was ist es dann? Schiffsdiesel?«

»Jaaa, schon gut. Du hast gewonnen.«

»Ganz genau! Und wenn sich der Wind dreht, pustet er uns das herrliche Aroma der Kaffeefabrik um die Nase«, setzte Claudia nach.

»Aber ohne Wind stinkt's nach Schiffsdiesel. Basta!« Bettina steckte ihrer Schulfreundin die Zunge aus.

»Wie im Kindergarten«, kommentierte Silke das Geschehen. Dann sah sie Claudia auffordernd an. »Dann leg mal los. Wieso wolltest du in einem Hostel übernachten?«

»Okay, ich mach's kurz. Ich bin schon lange nicht mehr mit Wolfgang zusammen, lebe in einer winzigen Frankfurter 1-Zimmer-Wohnung und finanziell geht es mir so mies wie zu unserer Schulzeit. Ende!«

Überrascht starrten die beiden sie an.

»Die Jacht? St. Tropez? Das war auch alles geflunkert?«, fragte Silke schließlich. »Warum?«

»Ist nicht so einfach zu erklären.« Hilflos zuckte Claudia mit den Schultern. »Wenn es euch wirklich interessiert, muss ich leider etwas ausholen. Bis zurück in unsere Schulzeit.«

»Kein Problem! Wir haben Zeit.«

»Ihr wisst, dass wir, also meine Eltern und ich, vom Sozialamt lebten. Meine Mutter war krank, mein Vater arbeitslos. Das Geld reichte gerade für das Nötigste. Damals nannte man so etwas a-sozial. Unterste Schublade, sozusagen. Fast alle der Klassenkamera-den ließen mich das täglich spüren.«

»Stimmt«, erwiderte Silke. »Ständig wurdest du gehänselt. Erst recht, nachdem herausgekommen war, dass deine Kleidung aus Second-Hand-Läden stammte.«

Claudia nickte.

»Als meine Mutter mich dann vor vier Jahren anrief und sagte, dass jemand wegen eines geplanten Klassentreffens nach mir gefragt hatte, freute ich mich diebisch. Zu der Zeit war ich gerade mit Wolfgang zusammengekommen. Ich trug die elegantesten Kleider, den teuersten Schmuck und konnte es kaum erwarten, die neidvol-len Blicke meiner Klassenkameraden zu sehen. Als es dann so weit war, genoss ich jeden einzelnen dieser Blicke mit größter Genugtu-ung. Ein millionenschwerer Bauunternehmer hatte sich in mich verliebt. In mich! In eine, aus der sozialen Unterschicht.«

»Hast du denn immer noch vom Sozialamt gelebt, als du Wolfgang kennen lerntest?«

Claudia schüttelte den Kopf.

»Nein, das nicht. Aber einmal asozial, immer asozial. Ihr wisst doch, wie die meisten Leute denken. Als ich Wolfgang kennen lern-te, arbeitete ich als Krankenschwester. Große Sprünge waren nicht drin, aber ich kam klar. Doch niemals hätte ich mir diesen Luxus leisten können. Wie berauscht fühlte ich mich von all dem, was mich plötzlich umgab. Tolle Kleider, teurer Schmuck, eine Villa mit Swimmingpool und Sauna. Aber, wie alles im Leben, hatte auch dieser Luxus seinen Preis. Wolfgang bestand darauf, dass ich meinen Job aufgebe. Und nicht nur das. Auch meine ehrenamtliche Tätigkeit in einem Kinderhospiz.«

»Und das wolltest du nicht?«

»Anfangs nicht. Ich liebte meinen Job. Auch die Kinder im Hospiz bedeuteten mir viel. Doch Wolfgang ließ nicht locker. Und irgendwann tat ich es. Ich gab alles auf.«

»Aber du warst nicht glücklich damit, oder?« Silke sah ihre Schulfreundin mitfühlend an.

»Nein, ganz und gar nicht. Mir fehlte meine Arbeit. Aber noch mehr fehlte mir das Hospiz. Sich um ein sterbendes Kind zu kümmern, es auf seinem letzten Weg zu begleiten, es zum Lachen zu bringen, das gibt einem so viel mehr als jeder Luxus. Ich hatte alles, aber meinem Leben fehlte der Sinn. Als ich Wolfgang sagte, dass ich mich zumindest wieder um die Kinder im Hospiz kümmern möchte, stellte er mich vor die Wahl: Er oder das Hospiz.«

»Was für ein Idiot«, knurrte Bettina.

Claudia nickte.

»Das kannst du laut sagen! Da stand ich nun – ohne Job, ohne Geld. ›Back to the roots‹ sozusagen. Existenzängste und Selbstzweifel waren zurückgekehrt. Ausgerechnet dann erhielt ich eine SMS von Werner. Die Einladung zum heutigen Klassentreffen. Meine Mutter hatte ihm die Nummer gegeben.«

»Ein super timing«, stellte Bettina sarkastisch fest.

»Das kannst du laut sagen!« Schuldbewusst sah sie zwischen ihren beiden alten Schulfreundinnen hin und her. »Ich weiß ja, dass es nicht richtig war, euch anzulügen«, fuhr sie fort. »Aber ich habe es diesen Lästermäulern einfach nicht gegönnt.« Wütend schlug sie sich mit den Händen auf ihre Oberschenkel. »Ich habe es ihnen nicht gegönnt, mich nach meinem Auftritt vor vier Jahren als armen Schlucker wiederzusehen.«

»Warum hast du nicht einfach abgesagt?«

»Ich wollte nur noch einmal ihre …«

»Lass mich raten!«, unterbrach Bettina sie. »Du wolltest noch einmal ihre vor Neid sabbernden Blicke genießen, stimmts?«

»Ganz genau!«

»Kann ich gut verstehen. Hätte ich genauso gemacht.« Bettina griente und lehnte sich etwas zur Seite, als die Bedienung kam und den Kaffee servierte.

»Dieses Kostüm und die Ohrringe sind das einzige, was mir aus meiner Luxuszeit noch geblieben ist«, fuhr Claudia fort. »Alles andere habe ich nach und nach verkauft, um erstmal über die Runden zu kommen.«

Silke sah ihre alte Schulfreundin mitfühlend an.

»Mir tut das alles unendlich leid, und …«

»Mir nicht«, fuhr Claudia ihr ins Wort. »Der goldene Käfig ist eng. Sehr eng! Und mögen die Gitterstäbe im Sonnenlicht auch noch so traumhaft funkeln, ein Käfig bleibt ein Käfig. Das ist einfach nicht meine Welt.«

»Dass du dich dagegen entschieden hast, finde ich klasse. Es spricht für dich!«

Claudia lachte bitter auf.

»Das sehen meine Eltern anders. Sie nehmen mir übel, dass ich die finanzielle Sicherheit aufgegeben habe. Ich musste mir einiges anhö ren. Unser Verhältnis ist angespannt. Darum wollte ich nicht bei ihnen übernachten.«

»Das ätzende Klassentreffen, der Ärger mit deinen Eltern. Und nun haben wir dich auch noch genötigt, uns alles zu erzählen. Das war total daneben«, entschuldigte sich Silke.

Claudia winkte ab.

»Quatsch! Wieso genötigt? Ich hätte doch nicht darüber reden müssen.«

Erneut sah sie zwischen den beiden Frauen hin und her.

»Nehmt ihr mir sehr übel, dass ich euch angeschwindelt habe?«

»Also witzig finde ich es nicht«, stieß Bettina hervor. »Deine Flunkerei war ...«

»... nur eine situationsbedingte Notlüge«, führte Silke den Satz zu Ende und sah Bettina eindringlich an. »Das wolltest du doch sagen. Oder?«

»Genau! Genau, das wollte ich sagen«, schwindelte Bettina. »Alles vergeben und vergessen!«

»Danke schön. Nun bin ich erleichtert. Ihr seid die einzigen, die mir leidtaten, als ich im Restaurant meine Show abzog.«

»Wieso taten wir dir leid?« Silke sah sie verwundert an.

»Weil ich euch zwei nicht belügen wollte. Ihr habt nie mitgemacht, bei diesen ständigen Hänseleien. Mal war es der Pommes-Gestank, mal meine Kilos, die ich damals auf den Hüften hatte, mal die Second-Hand-Klamotten. Irgendetwas fanden meine werten Mitschüler immer, um mir das Leben zur Hölle zu machen. Ihr wart die einzigen, die mir geholfen haben.« Claudia wandte sich an Bettina. »Weißt du noch, als du Werner ein Bein gestellt hattest, nachdem er mich mal wieder wegen meines Übergewichts fertigmachte? Er hatte sich vor der gesamten Klasse lang hingelegt. Dabei fiel er auf seinen Kakao, den er in der Hand hielt. Die Tüte platzte und der Kakao verteilte sich über sein Gesicht. Alle lachten sich halb tot über ihn.«

Bettina zog die Stirn kraus und überlegte kurz.

»Stimmt«, sagte sie schließlich und grinste breit. »Das hatte dieser Idiot absolut verdient. Ich sehe ihn noch vor mir, wie ihm der Kakao von der Nase tropft.«

»Und das war nicht das einzige Mal, dass du mir mit vollem Körpereinsatz zur Hilfe geeilt warst.«

Dann sah Claudia Silke an.

»Und du? Du hast mich mit Worten verteidigt. Wenn sie mir wieder mal fehlten, wie so oft. Dann hast du ihnen deine um die Ohren gehauen, und zwar so lange, bis Werner und Konsorten von mir abließen. Eure Unterstützung hat mir viel bedeutet. Ich wäre damals gerne mit euch befreundet gewesen.«

»Echt?« Erstaunt sah Silke sie an. »Auf uns hast du immer gewirkt, als wärst du lieber für dich alleine.«

Claudia zuckte mit den Schultern.

»Mag sein, dass es so gewirkt hat. Aber so war es nicht. Ich hätte sogar sehr gerne mit euch rumgehangen. Doch stattdessen zog ich mich mehr und mehr in mein Schneckenhaus zurück. Die Hänseleien nahmen mir mein letztes bisschen Selbstvertrauen.«

»Schade, dass wir nicht mehr für dich tun konnten«, bedauerte Silke. »Aber wir waren selbst noch Kinder. Wie es wirklich in dir aussah, haben wir nicht geahnt.«

»Ihr habt genug für mich getan! Wärt ihr zwei nicht gewesen, ich weiß nicht, wie all das geendet hätte. Ich habe euch um eure Freundschaft beneidet. Jedes Mal, wenn ihr mir geholfen habt, hatte ich das Gefühl, als gehörte ich dazu. Dieses Gefühl hat mich durch so manchen dunklen Tag getragen. Dafür bin ich euch dankbar! Ihr wart meine besten Freunde, ihr wusstet es nur nicht.«

Silke schluckte.

»Das freut mich«, sagte sie gerührt.

»Und mich freut es, dass ihr zwei immer noch so eng befreundet seid«, fuhr Claudia fort. »Zwischen euch besteht ein besonderes Band, das spürt man. Wie macht man das? Wie hält man eine Freundschaft über so viele Jahre?«

Silke machte eine wegwischende Handbewegung.

»Das ist gar nicht so schwer. Das Band der Freundschaft muss nur strapazierfähig genug sein. Dann verbindet es einen für die Ewigkeit mit so einer Verrückten wie Bettina.«

»Wie bitte? Was soll das denn heißen?«, stieß Bettina gespielt ernst hervor. Dann beugte sie sich zu Claudia hinüber. »Mit so einer Normalen hat man's auch nicht immer leicht. Das kannst du mir glauben«, flüsterte sie.

Claudia grinste kopfschüttelnd.

»Ihr zwei seid der Hammer!«, erwiderte sie und ließ sich in den Korbsessel sinken. »Und nun lasst uns nicht mehr über meine grauselige Schulzeit sprechen. Heute ist ein wunderbarer Tag. Die Sonne scheint. Wir sitzen hier zusammen und trinken Kaffee. Lassen wir die Vergangenheit ruhen.« Claudia legte ihren Kopf in den Nacken und betrachtete den hellblauen Himmel. »Nur noch einige Tage, dann werde ich meine Vergangenheit von dort oben betrachten. Ich werde meine Flügel ausspannen und fortfliegen … weit, weit fort«, schwärmte sie verträumt.

»Wieso wirst du deine Vergangenheit von oben betrachten?«, fragte Silke verwundert. »Fliegst du in den Urlaub?«

»Ich denk, du bist knapp bei Kasse«, fügte Bettina hinzu und nahm einen Schluck Kaffee, als sich Claudia ruckartig aufsetzte.

»Wisst ihr, dass der Urin eines Leoparden nach gebuttertem Popcorn duftet?«, schoss es begeistert aus ihr heraus.

Bettina erschrak. Sie verschluckte sich und begann, heftig zu husten. Kaffee tropfte aus ihrem Mund und traf ihre Bluse.

»Oh bitte! Wie ekelig ist das denn?«, moserte Bettina angewidert, als sie wieder Luft bekam.

»Wieso ekelig? Der Duft von gebuttertem Popcorn ist alles andere als ekelig.«

»Dass du weißt, wie dieser Urin riecht, meine ich ja auch«, verteidigte sich Bettina, während sie mit einer Serviette auf dem Kaffeefleck in ihrer Bluse herumrieb.

»Hast du vergessen, dass ich mich für alles interessiere, was mit Afrika zu tun hat? Dieser Kontinent hat mich doch schon als Mädchen fasziniert.«

»Stimmt«, bestätigte Silke. »Da fallen mir sofort die Referate ein, die wir bei Frau Freiberger halten mussten. Dein Referat handelte über Mombasa. Du hattest dich in dieses Thema so richtig reingekniet. Es war beeindruckend. Ich erinnere mich gut. Du etwa nicht, Bettina?«

»Natürlich erinnere ich mich. Trotzdem traf mich der Leopardenurin gerade etwas unvorbereitet«, erwiderte sie und verzog ihr Gesicht zu einer Grimasse.

»In Afrika gibt es viele interessante Gerüche«, fuhr Claudia aufgeregt fort. »Den Kartoffelbusch zum Beispiel! Es heißt, dass er den Duft von Backkartoffeln verströmt. Weiß nicht, ob es stimmt. Aber ich werde mich bald davon überzeugen können.«

»Backkartoffeln hört sich schon besser an«, schwärmte Bettina und ihre Hand strich mit kreisenden Bewegungen über ihren Bauch. »Also fliegst du tatsächlich in den Urlaub?« Mit großen Augen sah sie Claudia an. »Aber doch nicht wirklich nach Afrika, oder?«

»Afrika ja – Urlaub nein!«, erwiderte sie schmunzelnd. »Durch einen ehemaligen Kollegen aus der Klinik habe ich von einer Hilfsorganisation erfahren. So etwas wie ›Ärzte ohne Grenzen‹. Die suchen händeringend medizinische Mitarbeiter für eine Buschklinik in Tansania. Zunächst nur für ein Jahr. Ihr ahnt nicht, wie sehr ich mich auf diese verantwortungsvolle Aufgabe freue.«

»Wow! Jetzt bin ich sprachlos, und das soll was heißen«, erwiderte Bettina augenzwinkernd. »Aber stell dir das in Afrika nicht so einfach vor. Das ist keine leichte Aufgabe.«

»Ja, ich weiß. Mir wird Leid und Elend begegnen. Doch mein Leben hat endlich wieder einen Sinn. Ich liebe es, wenn ich anderen helfen kann. Und dann auch noch in Afrika!« Claudia atmete tief durch und lächelte zufrieden. »Diesen Kontinent zu erleben, davon habe ich immer geträumt.«

Silke hob anerkennend den Daumen.

»Ich finde deine Entscheidung toll! Okay, du bist einmal falsch abgebogen und in der High Society gelandet, was solls. Du hast gemerkt, dass es dich deine Träume kostet und alles, was dir wichtig ist. Du hast den Mut, neu anzufangen und wieder den richtigen Weg eingeschlagen. Nur das allein zählt!«

»Na ja, daran bist du nicht ganz unbeteiligt.«

»Ich? Was habe ich damit zu tun?«

»Erinnerst du dich an den roten Plastikeimer mit den Losen?«

Silke runzelte die Stirn.

»Was für einen roten Plastikeimer? Und was für Lo…« Plötzlich lachte sie laut auf. »Na klar, diese verrückte Idee unserer Klassenlehrerin, kurz vor unserem Schulabgang. Auf jedem Los hatte sie den Namen eines Schülers geschrieben. Die Lose lagen in diesem Eimer und nacheinander wurden immer zwei Stück herausgefischt. Die beiden, deren Namen auf den Losen stand, mussten sich dann gegenseitig ein Schulabschluss-Geschenk besorgen. Es durfte maximal 10 Mark kosten und musste zum Beschenkten passen.«

»Genau!«, schaltete sich Bettina ein. »Ich weiß noch, dass ich was für Jochen besorgen musste.« Sie kicherte. »Hab ihm 'ne Tüte Regenwürmer geschenkt.«

Silke schüttelte den Kopf und verdrehte die Augen.

»Auf diese dämliche Idee konntest auch nur du kommen.«

»Was heißt hier dämliche Idee? Jochen und sein Vadder eierten doch ständig zum Angeln. Und so konnte ich meine Kohle sparen.« Sie lachte laut auf und schlug sich mit beiden Händen auf die Oberschenkel. »Hab die Regenwürmer einfach bei uns im Garten ausgebuddelt.«

Claudia schmunzelte und wandte sich wieder Silke zu.

»Und wir zwei mussten uns gegenseitig beschenken. Ich habe dir lilafarbene Handschuhe gestrickt.«

»Ich weiß! Weil ich ständig über kalte Hände jammerte und lila meine Lieblingsfarbe war.«

»Sorry«, sie zuckte mit den Schultern, »mir war einfach nichts anderes eingefallen.« Dann nahm Claudia ihre Handtasche und öffnete sie. Aus einem der Innenfächer holte sie einen Kompass und reichte ihn Silke. »Und das war dein Geschenk für mich.«

»Den hast du noch?« Völlig perplex starrte Silka ihn an.

»Natürlich! Ich trage ihn immer bei mir.«

»Wie bitte? Das ist ein Scherz, oder?«

»Nein, das ist kein Scherz. Weißt du nicht mehr, was du mir sagtest, als du ihn mir geschenkt hast.« Silke schüttelte den Kopf. »Du hast gesagt, dass du mir wünschst, dass sich mein Traum, einmal Afrika zu sehen, erfüllen wird. Sollte ich den Traum aus den Augen verlieren, wird mich dieser Kompass an ihn erinnern. Er wird mich wieder auf den richtigen Weg führen, damit sich mein Traum erfüllen kann. Darum sollte ich den Kompass immer bei mir tragen.«

»Und das hast du tatsächlich getan? Ihn bei dir getragen, meine ich?«

Claudia nickte stolz.

»Wie einen Talisman!«

»Ich weiß echt nicht, was ich sagen soll. Außer, dass ich wohl schon als junges Mädchen eine ganz schöne Philosophin war«, scherzte Silke.

»Als ich in meinem goldenen Käfig saß und mich einsam fühlte, nahm ich den Kompass oft zur Hand. Ich dachte an Afrika, an meinen Traum, den es noch zu erfüllen galt. Dieser Kompass hat mir die Kraft gegeben, die richtige Entscheidung zu treffen.«

»Ist schon komisch«, erwiderte Silke nachdenklich. »Da meint man, jemandem nur eine kleine Freude bereitet zu haben und ahnt nicht, welch große Bedeutung es für den anderen hat.«

»Für mich war es das Geschenk einer Freundin. Ich glaube nicht an Zufälle. Bestimmt sollte es so sein, dass unsere Namen gezogen worden waren. Nur du konntest auf diese wunderschöne Idee mit dem Kompass kommen. Er hat mich in meinem Leben so manches Mal auf den richtigen Weg zurückgeführt. Also – im übertragenen Sinne«, fügte sie augenzwinkernd hinzu.

»Dann haben wir ja etwas gemeinsam. Auch ich glaube nicht an Zufälle«, erwiderte Silke. »Es sollte so sein, dass Bettina dich auf dem Weg ins Hostel gesehen hat. Eine Minute später, dann wärst du drin gewesen und wir wären vorbeigefahren. Weißt du, was ich glaube? Das Leben schenkt uns gerade eine zweite Chance?«

»Eine zweite Chance? Wofür?«

»Für eine Freundschaft! Vielleicht war sie uns schon damals bestimmt. Vielleicht waren wir schon damals miteinander verbunden. Wir haben es nur nicht gemerkt. Aber was soll's, es ist noch nicht zu spät.«

»Also, wenn ich auch mal was sagen darf«, schaltete sich Bettina ein und sah Claudia an. »Ich gebe meiner – schon wieder philosophierenden – Freundin absolut recht. Besser spät als nie! Lass uns in Kontakt bleiben. Das ist ja heutzutage kein Problem mehr, egal wie viele Kontinente zwischen einem liegen. Schnuppere du in Ruhe an diesem Leopardenurin herum. Und wenn du in einem Jahr zurückkommst, holen wir alles nach, was richtige Freundinnen eben so machen.«

»Das klingt toll!«, erwiderte Claudia und strahlte. »Meine Frankfurter Wohnung habe ich sowieso gekündigt und vorgehabt, nach meiner Rückkehr aus Afrika, wieder nach Hamburg zu ziehen. In Frankfurt kenne ich niemanden. Hier habe ich wenigstens meine Eltern. Sie werden mir ja nicht ewig böse sein.«

»Ab heute hast du hier auch zwei Freundinnen, die da sein werden, wenn du sie brauchst.« Bettina zwinkerte ihr zu.

Claudia nickte nur und sah gedankenverloren ins Leere.

»Was geht dir nun wieder durch den Kopf? Du wolltest doch heute nicht mehr grübeln«, mahnte Silke.

»Ich grüble nicht. Ich denke gerade an das Band der Freundschaft! Es scheint nicht nur strapazierfähig zu sein, sondern auch extrem dehnbar. Wenn ich daran denke, wie viele Umwege wir gegangen sind, bis wir endlich zusammengefunden haben.«

»Na, genau das ist doch der Beweis!«

Irritiert kräuselte Claudia die Stirn.

»Ein Beweis wofür?«

»Dass das Band einer Freundschaft echt ist! Man erkennt es daran, dass es nicht reißt.«

Danksagung

Ich danke dem Suchthilfeverein ›Blaues Kreuz‹ und dem Verein ›Trostteddy‹ für die Erlaubnis, ihren Vereinsnamen in meinen Geschichten erwähnen zu dürfen.

Natürlich gibt es noch weitere Vereine, die unermüdlich helfen, Kindern in schweren Situationen ein Lächeln aufs Gesicht zu zaubern oder erkrankte Menschen unterstützen, die an den falschen Freund geraten sind – dem Alkohol. Allen gilt mein Dank, auch wenn ich sie nicht namentlich aufführe.

Weiterhin bedanke ich mich bei der Band ›Die Toten Hosen‹ und bei Herbert Grönemeyer dafür, dass auch sie mir erlaubt haben, ihre Namen verwenden zu dürfen. Ihre Lieder, wie auch die vieler anderer Musiker, haben mich – wie ein guter Freund – durch so manch schwere Zeit begleitet und mir geholfen, wieder Mut zu fassen.

Zu guter Letzt ...

Nun möchte ich Ihnen noch gerne eine Geschichte vorstellen, die nicht aus meiner Feder stammt. Der 1. Vorsitzende des Vereins ›Trostteddy‹, Uwe Stumpf, hat sie geschrieben und mir zur Verfügung gestellt. Sie erzählt davon, wie die kleinen Teddys zu uns nach Deutschland kamen.

Eine wahre Geschichte

In einem fernen Land, weit über dem großen Teich, lebten und leben immer noch kleine aus Stoff und Wolle geborene Wesen.
Sie spenden traurigen Menschen Trost und sorgen immer für ein Lächeln – egal, wann man sie sieht.
Nun war es an der Zeit, dass der Platz für diese kleinen Wesen in dem fernen Land zu eng wurde. Also entschloss sich eine mutige Truppe, den großen Teich zu überqueren. Nach einer langen, langen Reise strandeten sie im Hamburger Hafen und wurden dort von neugierigen Fotografen sofort in Szene gesetzt. Dies war ihr Siegeszug durch Deutschland! So gelangten Sie auch nach Bergisch Gladbach, wo sie sich bei Susanne und Uwe Stumpf einnisteten. Die kleinen Wesen vermehrten sich derart, dass die Beiden sich Hilfe suchen mussten. Sie fanden diese in ihren vielen Mitstreiterinnen, die sich seitdem jeden letzten Mittwoch im Monat im Seniorenheim treffen. Dort werden die kleinen Freude spendenden Wesen, die sich nun in der ganzen Umgebung und in ganz Deutschland vermehren, zusammengetrieben, und es wird beratschlagt, wer mit ihnen beglückt werden soll.

Dies ist nun schon über 90.000-mal geschehen, und immer noch erfreuen sich diese kleinen Wesen größter Beliebtheit.

Die Strickkreisleiterinnen sorgen stets dafür, dass alles im Rahmen bleibt und keiner aus der Reihe tanzt. Die Klinikclowns, die Krankenschwestern, das übrige Pflegepersonal und ganz besonders die kranken und traurigen Kinder bedanken sich immer wieder aufs Neue. Und wenn die kleinen Wesen nicht weggegangen sind, dann trösten und erfreuen sie noch heute Kinder und Senioren.

Bisher erschienen:

ISBN-13: 9783749436385   ISBN-13: 9783750422520
E-Book-13: 9783749489152   E-Book-13: 9783750475823